Félix Radu

Rose & Massimo

Fayard

ISBN : 978-2-213-72097-5
Dépôt légal : mai 2023

ROSE & MASSIMO

À ma Rose.
Cette pièce t'appartient puisque c'est
dans tes yeux que je l'ai trouvée.

Préface
par Alexis Michalik

L'écriture dramatique est un art millénaire.

De Sophocle à Anouilh, en passant par Shakespeare, nombreux ont pris pour héroïne une princesse prisonnière de son devoir, se débattant tant qu'elle peut, jusqu'à un dénouement souvent tragique. La poésie des princes, princesses, pauvres et malandrins se perd un peu, ces temps-ci, peut-être aussi qu'on en trouve de moins en moins, des princesses, en tout cas.

Rose & Massimo est la première pièce de Félix Radu, dans laquelle il s'attaque avec l'audace de sa jeunesse à une histoire d'amour romanesque et poétique. Rose et Massimo, la princesse, donc, et le poète, deux êtres qu'un univers oppose, vont tomber amoureux. Rien de nouveau sur le papier, mais attendez, restez, l'intérêt est ailleurs. Il est dans le détail, dans le verbe, dans la plume. Il y a du jeune Rostand, du jeune Musset chez Radu, on ressent son envie, son plaisir et sa facilité à disserter sur l'amour, sur la carte du Tendre. Il pourrait en parler longtemps, de cette symphonie de sentiments. Mais, aujourd'hui, qui pour écouter les atermoiements lyriques de son âme ? Alors il fait parler ses personnages, Rose, Massimo, Aldo, Rubus, et il tricote une intrigue.

C'est du théâtre qui se lit, qu'on se surprend à relire, parfois, car la phrase est jolie, car il est bon de redécouvrir cette langue romantique et, lorsqu'elle est maniée avec autant de dextérité, on se dit qu'un auteur est né.

Scène I

Aldo : Ouvre ! *Dio mio !* Massimo ! Ouvre-moi !

Massimo : Allons, allons, j'arrive ! Rien ne sert de crier !

Aldo : Enfin ! Cela fait près d'une heure que je frappe à cette maudite porte !

Massimo : La première demi-heure n'était-elle pas suffisamment décourageante ?

Aldo : Mon ami, n'avais-tu pas dit que tu serais toujours là pour moi ? Et que le jour où j'aurais besoin de ton aide, je n'avais qu'à frapper à ta porte ?

Massimo : Oui...

Aldo : Eh bien... ce jour est arrivé !

Massimo : Quelle heure est-il ?

Aldo : Midi ! Et dans une heure... Que fais-tu dans cette tenue ? Habille-toi, en vitesse.

Massimo : Mais...

Aldo : Tiens, enfile-moi ce pantalon, cela t'ira très bien. Et cette chemise. *(Temps.)* Peu importe, elle se repassera sur toi, je te prêterai ma veste. Tu feras attention, elle vaut trois fois le pantalon. Et j'y tiens comme à mes parents. Et mes parents sont morts. Ne me reste que la veste. Tu comprends ?

MASSIMO : Vas-tu m'expliquer ce qui se passe ?

ALDO : Je t'expliquerai en chemin ! Montre-moi tes dents. Fais « Aaah ». Il faut absolument que tu fasses quelque chose pour tes cheveux. Tu as toujours l'air de sortir du lit. Tu le sais, ça ?

MASSIMO : Je...

ALDO : Te rappelles-tu comment l'on fait une révérence ?

MASSIMO : Tu veux dire comme à une princesse ?

ALDO : Comme à une princesse.

MASSIMO : Eh bien, euh...

ALDO : Un pas en arrière, un pas en avant, penche légèrement la tête, tu courbes le dos, et tu tournes le bras.

MASSIMO : Le pas en arrière, je penche en avant...

ALDO : De toute façon, une révérence, c'est un peu comme un gâteau, peu importe l'ordre, pourvu que tout y soit.

MASSIMO : Je n'ai jamais été très grand cuisinier...

ALDO : Tourne sur toi. Tu es parfait.

MASSIMO : Cela ne fait-il pas trop ? J'ai l'impression d'avoir rendez-vous avec le roi d'Espagne...

ALDO : Ce n'est pas un roi, mais une princesse, et elle t'attend dans moins d'une heure.

MASSIMO : Je te demande pardon ?

ALDO : Non, je t'assure, c'est moi qui m'excuse.

(Silence.)

MASSIMO : Je ne comprends pas.

ALDO : Tu as rendez-vous dans moins d'une heure avec la princesse pour lui donner son cours d'italien.

MASSIMO : Moi ?

ALDO : Enfin, j'ai rendez-vous dans moins d'une heure, mais tu comprends, mon ami, mon compagnon, mon frère, il s'est passé une terrible nouvelle, mon père est très malade…

MASSIMO : Ton père est mort.

ALDO : Eh bien oui, c'est une maladie dont on se remet rarement, tu sais…

MASSIMO : Cesse de mentir, et parle-moi franchement.

ALDO *(admettant)* : Je suis tombé amoureux. D'une femme qui s'en va aujourd'hui pour des contrées lointaines dont ma tête a oublié le nom, mais dont mon cœur a déjà retenu la distance. Et la savoir loin de moi me fait trembler. Hier, par exemple, je n'ai pas dormi de la nuit. Elle était dans mes bras, et pourtant il me semblait que déjà elle n'était plus à moi. S'il y a bien une horreur dans le monde, c'est d'aimer une femme qui ne nous aime pas, mais ce qu'il y a de bien pire encore, c'est d'aimer une femme qui nous aime et qui s'en va.

Voilà l'objet de ma visite, cette lettre qui termine de m'achever. C'est la princesse, en personne, qui me l'envoie. Il y est dit qu'ayant eu vent de mes services, et ma réputation me précédant, enfin, je te passe les flatteries d'usage, elle m'ordonne de me présenter aujourd'hui au château afin de lui enseigner. Elle me l'ordonne. Mais, Massimo, je ne peux pas être à deux endroits à la fois. Et ma tête voudrait prendre un chemin que mon cœur se sait incapable. Que puis-je faire d'autre ? Sinon, mourir par amour, ou mourir de désespoir. L'un va m'arracher la tête, l'autre veut m'arracher le cœur. Et je ne sais à quel lion me jeter en premier. C'est pourquoi je suis là, il faut que tu me remplaces auprès de la princesse. Je te le demande en frère, et tu sais que je n'ai qu'une parole. Je te payerai ce qu'on me paie, et plus encore, si je n'ai pas tout dépensé pour un sourire ou un baiser… Massimo…

MASSIMO : Comment sont ses yeux ?

ALDO : D'un brun d'ébène, ce même brun dont on habille les violons qui chantent dans les requiem.

MASSIMO : J'irai.

ALDO : C'est vrai ? Ne me racontes-tu pas d'histoires pour me faire plaisir ? Iras-tu ?

MASSIMO : J'irai.

ALDO : *Dio Mio !* Merci, mon ami. Merci ! *(Ils se serrent dans leurs bras.)*

MASSIMO : Mais je ne parle pas italien.

ALDO *(se dégageant)* : Quoi ?

MASSIMO : Je ne parle pas italien.

ALDO : Massimo…

MASSIMO : Mon nom, tu le sais, vient de mes parents. Eux le parlaient probablement très bien. Mais l'on ne se nomme pas soi-même. Et de l'Italie, mon prénom n'a retenu que le « s » et le « o »…

ALDO : Qui suffisent ici à te faire passer pour un Italien…

MASSIMO : Et là-bas pour un sot.

ALDO : Mais oui, c'est ça ! Ton nom seul suffira à l'imposture.

MASSIMO : Allons ! Comment pourrais-je enseigner une langue que je ne parle pas ?

ALDO : *La cosa migliore sarebbe se l'insegnante non conoscesse l'inizio, ma il giovane lo sa alla fine.*

MASSIMO : Quoi ?

ALDO : « L'important n'est pas que le professeur sache au début, mais que l'élève connaisse à la fin. » Je vais t'apprendre les bases, tu n'auras qu'à broder.

MASSIMO : En es-tu sûr ?

ALDO : C'est une princesse, quoi qu'il arrive, elle comprendra le demi et retiendra la moitié.

MASSIMO : Sans doute, mais…

ALDO : Tiens, prends ce papier !

MASSIMO : Qu'est-ce que c'est ?

Aldo : C'est une liste de mots importants, tu n'auras qu'à en placer un, ici et là, pour que ta phrase sonne juste. Cela suffira pour aujourd'hui. Je prendrai le relais demain.

Massimo : En es-tu sûr ?

Aldo : Essayons !

Massimo : *Ciao, voy venir de la brava de colligno staffera a la note ?*

Aldo : Bravo ! Bravo ! Tu as compris ! Ça marche ! Ça marche ! *(Explosant de joie.)*

Massimo : Qu'est-ce que j'ai dit ? Qu'est-ce que j'ai dit ?

Aldo : Rien du tout, mais tu l'as dit en italien. Et c'est le principal. Maintenant, suis-moi ! Le temps nous est compté !

Scène II

Rubus : Rose. *(Elle s'enfuit, Rubus la ramène.)* Il n'est plus temps de se cacher. Votre professeur est là.

Rose : C'était une mauvaise idée. Annule le rendez-vous.

Rubus : Je ne peux pas.

Rose : Dis-lui que la princesse est souffrante.

Rubus : Souffrante ?

Rose : D'une terrible et incurable peste bubonique. Et qu'il revienne demain.

Rubus : Non.

Rose : Une grippe, alors ?

Rubus : Non.

Rose : Un rhume, au moins ?

Rubus : Hors de question.

Rose : Rubus !

Rubus : Vous avez été formelle. Peu importe ce que vous dites aujourd'hui, je dois le faire entrer.

Rose : Je t'ordonne de cesser de m'obéir !

Rubus : Rose…

Rose : Reste ici ! Nous trouverons une autre solution. *(Il s'en va.)* Rubus ! Qu'est-ce que tu fais ?

Rubus : Je vous désobéis.

Rose : Rubus ! Attends !

Rubus : Oui ?

Rose : M'aimes-tu ?

Rubus : Oui, madame. Je vous aime.

Rose : Alors, pourquoi continues-tu de me vouvoyer ?

Rubus : Vous êtes une princesse, je ne suis qu'un homme de la rue.

Rose : Tu n'es plus à la rue, Rubus.

Rubus : Peut-être avez-vous raison. Il me semble pourtant ne pas mériter d'être autre part. Je crains, Rose, malgré votre bonté, que vos pavés n'acceptent mon pas que parce que le trottoir s'étend sous leurs pieds. Et si l'Univers a permis aux hommes d'aimer les étoiles, il est impossible pour eux de les tutoyer.

Rose : Cesse de me vouvoyer.

Rubus : Bien, madame. *(Il revient avec Massimo.)*

Massimo : Bonjour. *(Il fait une révérence maladroite.)*

Rose : Bonjour. Allons, vous vous donnez trop de mal. Est-ce ainsi que l'on salue en Italie ?

Massimo : Oui, c'est cela. Du côté de Florence plus exactement.

Rose : Ah ? Je l'ignorais.

Rubus *(faisant mine de la demander)* : Votre veste.

MASSIMO : Avec plaisir. *(Il se rend compte que le papier est resté dans la veste.)*

ROSE : Vous allez bien ? Vous semblez perdu ?

MASSIMO : C'est que je n'avais pas remarqué le courant d'air, peut-être devrais-je récupérer ma veste ?

ROSE : *No, invece chiudi la finestra*[1].

MASSIMO : Je vous demande pardon ?

ROSE : Ce n'est pas comme cela qu'on dit ?

MASSIMO : Ah ! Si si ! Bien sûr ! C'est comme cela, oui.

ROSE : Eh bien, qu'attendez-vous ? Allez-y !

MASSIMO : Oui, j'y vais.

ROSE : *La finestra...*

MASSIMO : *La finestra*. Ah ! La fenêtre ! Oui, vous voyez, je suis tellement perdu, voilà que je ne me souviens même plus comment on dit « fenêtre » en italien.

ROSE : *Finestra.*

MASSIMO : C'est ça.

ROSE : Vous voulez un verre d'eau peut-être ?

MASSIMO : Avec plaisir, la route a été longue.

ROSE : *Tieni, e per lei*[2].

MASSIMO : Il me semble que vous parlez déjà très bien. Je me demande ce que je fais ici.

---

1. « Non, ferme la fenêtre. »
2. « Tenez, c'est pour vous. »

Rose : Oh ! Non ! Vous vous trompez. Je parle assez mal. Je n'ai séjourné que quelques jours à Venise. J'y ai reçu tant et tant de lettres et de déclarations que j'ai retenu malgré moi quelques mots. Voilà tout. Mais mon vocabulaire s'arrête à celui de l'amour.

Massimo : Et n'est-ce pas amplement suffisant ?

Rose : Mais j'ai des lacunes... Comment dit-on embrasser en italien, déjà... ?

Massimo *(décontenancé)* : Madame, en Italie, cela ne se dit pas, cela se fait.

Rose : Je viens de le faire pourtant. Embrasser, embrasser.

Massimo : Le français est bien la seule langue au monde qui s'est attardée à nommer quelque chose où ni l'un ne parle, ni l'autre n'écoute.

Rose : Vous avez sans doute raison ! Mais j'y pense ! J'ai gardé des lettres que je n'ai pas su traduire à mon retour d'Italie, peut-être pourriez-vous m'aider !

Massimo : Je ne suis pas sûr de...

Rose : Tenez ! Celle-ci, par exemple ! Elle me vient d'un charmant jeune homme avec qui j'ai passé la soirée à Venise !

Massimo : C'est-à-dire que c'est assez personnel !

Rose : Lisez.

Massimo *(improvisant)* : Madame...

Je vous écris cette lettre depuis Venise. Sans doute devez-vous penser : « Mais que va-t-il écrire ? » Et vous auriez raison. Je ne sais rien de vous, sinon l'odeur de votre parfum ; de bergamote et de rose, je crois. Sinon, le bruit de vos pas, la manière que vous avez de regarder les choses pour la première fois, avec malice d'abord, puis infinie tendresse. Sinon cette façon que vous avez de vous recoiffer d'une main, de ramener derrière votre sublime oreille cette mèche rebelle, que j'aime tant, moi, quand elle danse sur votre front et que je maudis seulement quand elle passe devant vos yeux. Vos yeux, dont je retrouve la couleur dans l'âme de chaque fleur, dans le bruissement des arbres, et dans la danse des champs. Sinon, la solitude qui tremble dans votre voix, sinon ce sourire en coin charmant que vous avez lorsqu'on vous gêne. Sinon vos lèvres… Non, c'est vrai, je ne sais rien de vous. Mais ce que je sais, madame, c'est que je mourrais de ne pas vous revoir. Ne quittez pas Venise, je vous en supplie. Vous en êtes la couleur. Je vous embrasse, et vous aime.

(Silence.)

Rose : C'est étrange, il a su employer le verbe « embrasser ».

Massimo : Sans doute celui qui l'a écrit devait-il connaître le français.

Rose : Sans doute. Oui.

Massimo *(réalisant)* : Ce n'était pas une lettre d'amour ?

Rose : Non. Et je ne suis pas sûre que ce soit de l'italien non plus.

Massimo : Vous m'avez laissé faire ?

Rose : Oui.

Massimo : Madame, attendez !

Rose : Rubus !

Massimo *(avec empressement)* : Allons, madame ! Je n'ai fait que rendre service. Je peux tout vous expliquer. L'homme qui devait vous donner cours ne pouvait absolument pas venir. La femme qu'il aime s'en allait aujourd'hui. Madame, au nom de l'amour !

Rubus : Oui ?

Rose : Peux-tu rapporter la veste de monsieur, il a froid.

Rubus : Bien sûr. *(Il sort.)*

Rose : Vous avez deux minutes.

Massimo : Tout ceci n'est qu'un vulgaire malentendu. L'homme qui devait vous donner cours se trouve en ce moment au port. À l'heure qu'il est, il doit faire signe au bateau qui emporte la femme qu'il aime. Moi, je ne suis qu'un ami qui n'a de talent que d'être à lui et de défaut que d'être moi. S'il faut payer l'injure d'aimer, madame, alors je suis tout préparé. Laissez mon ami pleurer sa belle. Et laissez-moi saigner pour lui. Si l'amour doit être puni, dédaignez la passion d'un amant, prenez l'affection d'un ami. Elle est plus discrète, mais plus noble et mérite bien plus de coups d'épée. C'est ma faute, j'ai trahi sa confiance en étant malhabile. C'est un grand professeur, je ne suis qu'un distrait.

ROSE : Comment vous appelez-vous ?

MASSIMO : Massimo.

ROSE : Vous portez assez mal votre nom.

RUBUS : Voilà la veste.

(Rubus sort.)

ROSE : Allons ! Relevez-vous. Il ne va rien vous arriver ! Ce n'est qu'un cours d'italien ! Vous auriez vu votre tête…

MASSIMO : Ne vous moquez pas !

ROSE *(se moquant)* : Madame, madame… Au nom de l'amour *(Il l'attrape par les bras. Silence.)*

MASSIMO : Demain, mon ami viendra. Je vous le promets. Je m'excuse de vous avoir fait perdre votre temps.

ROSE *(le rattrapant)* : Allons, je vous paie, que je sache. Alors restez. Et donnez-moi cours.

MASSIMO : Que pourrais-je bien apprendre à une princesse ?

ROSE : Parlez-moi d'amour.

MASSIMO : J'en sais bien peu de choses.

ROSE : En amour, ce sont ceux qui en savent le moins qui en parlent le mieux.

MASSIMO : J'en sais suffisamment pour me taire.

ROSE : Savez-vous danser ?

MASSIMO : Danser ?

ROSE : La valse par exemple ! J'ai toujours rêvé d'apprendre la valse.

MASSIMO : Oui, bien sûr.

ROSE : Puis-je ? *(Imitant la révérence ratée de tout à l'heure.)* Apprenez-moi.

MASSIMO : La valse… Eh bien, la valse est semblable à une histoire d'amour. Vous permettez ?

ROSE : Je vous en prie.

MASSIMO : C'est toujours l'homme qui fait le premier pas. Non pas que la femme en soit incapable, mais elle aime beaucoup trop se faire… désirer. *(Elle recule.)* Vous avez compris. Bien sûr, ce n'est qu'un jeu, elle avance bien vite le pied, et c'est au tour de l'homme de reculer. Et ainsi de suite. Ils se ratent tendrement. Ce sont ces sortes de duels, de rendez-vous manqués, qui font danser les amoureux. Comme les planètes et les galaxies. L'amour n'est que le vertige de deux êtres qui valsent.

ROSE : Et quand cela s'arrête-t-il ?

MASSIMO : Quand le vertige devient un trouble et que l'un recule quand il doit avancer.

Rose : Et si l'un avance quand il doit reculer ? *(Ils se percutent et s'embrassent.)*

Massimo : Pardonnez-moi.

Rose : Non, c'est moi ! Je vous assure.

Massimo : Je dois partir.

Rose : Vous…

Massimo : Adieu, madame.

Rose : Adieu, Massimo.

(Il sort en courant, Rubus entre.)

Rubus : Monsieur est déjà parti ?

Rose : Oui, il avait oublié ses leçons chez lui.

Scène III

Massimo : Tu es déjà rentré ?

Aldo : Elle est partie plus tôt. La mer était agitée, ils ont préféré prendre le large avant que la tempête ne les empêche de partir. Quand je suis arrivé, ils étaient déjà loin. (*Ils se serrent dans leurs bras.*)

Massimo : Tu as bu ?

Aldo : Non. *(Avouant.)* Oui. Un petit peu. Pour oublier.

Massimo : Ça n'a pas l'air de fonctionner beaucoup.

Aldo : C'est vrai. La seule chose que l'on oublie, c'est que ça ne fonctionne pas. Mais je trouve un petit réconfort dans mon erreur, quand je ferme les yeux, il arrive que, pendant un instant, le mal de mer suffise à me convaincre que je suis sur son bateau. Et ma main se confond tout autant que mon esprit, et prend mon verre pour son sein. Voilà pourquoi je ne peux me séparer ni du vin, ni de l'ivresse. L'un me ramène à elle, l'autre la ramène à moi.

Massimo : Tu es gris, mon ami.

Aldo : Je suis trop longtemps resté sur le quai, le ciel a dû déteindre sur moi. La mer aussi, j'ai gardé quelques bleus sur le cœur. Mais cessons de parler ! Trinquons ! *Lontano dagli occhi, lontano dal cuore*[1] !

Massimo : Qu'est-ce que cela veut dire ?

Aldo : Que je suis triste et qu'il faut boire encore.

Massimo : T'a-t-elle laissé une lettre au moins ?

Aldo : Rien du tout. La seule chose qu'elle m'ait laissée, c'est le ciel pour prier et la mer pour pleurer.

Massimo : Veux-tu sortir prendre l'air ?

Aldo : Où que j'aille maintenant, je suis en prison. Allons, ne me regarde pas comme ça. Elle me manque, mais j'ai pris l'habitude. C'est l'histoire de quelques jours. Depuis que j'ai l'âge d'aimer, j'ai le talent de ne m'amouracher que de femmes qui me quittent. Ne me demande pas pourquoi. Les hommes ont le cœur monté d'une drôle de manière. Il n'y a rien de plus courageux et rien de plus fragile. C'est comme partir à la guerre avec une épée de verre. Elle sert une seule fois, la première ! Ensuite, on attend que quelqu'un vienne briser la sienne sur nous.

Massimo : Je ne comprends pas, Aldo.

Aldo : Tu sais ce qui me rend fou ? J'ai déjà été trompé par le passé. Mais, cette fois-ci, je n'ai pas même un homme à haïr. Même cela, elle me l'a refusé.

---

1. « Loin des yeux, loin du cœur. »

Un homme, ça peut se battre, ça peut se défier, mais que faire contre l'océan ? Je ne peux que le regarder me l'arracher. Me l'arracher. Il m'a même semblé le voir se moquer de mon chagrin, mes larmes étaient si petites dans son immensité. Si petites. Et ces mouettes qui riaient avec lui, volant au-dessus de ma tête, si j'avais pu en attraper une. Je l'aurais tuée. Je l'aurais tuée.

MASSIMO : Aldo, tuer une mouette par amour n'a jamais été une solution.

ALDO : Alors comment, mon ami, comment puis-je lutter contre l'océan ?

MASSIMO : Je ne sais pas.

ALDO : Moi non plus. C'est pourquoi il faut boire ! L'avantage du vin, c'est qu'avec lui soit on trouve la réponse, soit on oublie la question.

MASSIMO : Le monde est petit. Où qu'elle aille, elle reviendra, j'en suis certain. Combien de fois, jurant de ne jamais revoir quelqu'un, on le retrouve malgré nous ? Au hasard d'une rue, au détour d'un chemin ? Si cela arrive pour les ennemis, pourquoi cela n'arriverait-il pas pour les amoureux ?

ALDO : Mais sera-t-elle toujours à moi ? L'a-t-elle seulement été ? Sais-tu ce que c'est d'avoir cette voix qui crie le soir et murmure la journée : « Où est-elle ? Avec qui ? Et pourquoi ? » Qui distille dans tes veines ce poison infect qu'est le doute ? La peur ? La solitude ? Le manque ?

Massimo : Tu es triste.

Aldo : Je sais, il ne me reste qu'à l'oublier. Mais je n'en ai pas envie, mon ami ! Je l'aime, si tu savais, mon amour est la seule chose qui me reste. Je n'ai ni lettre, ni portrait pour témoigner de notre histoire. Et cesser de l'aimer, c'est jeter dans l'oubli ses yeux et puis les miens. C'est ma faute, j'ai eu la faiblesse d'être amoureux le premier. Et de le dire. Ô amour cruel, pourquoi faut-il toujours que tu nous donnes pour nous arracher ? Pourquoi aimes-tu tant conquérir et non gouverner ? Viens te battre, doux amour ! Viens confronter ta flèche à la lame d'une épée ! VIENS ! Je te l'ordonne ! Que je plante à mon tour au fond de ta poitrine le néant d'une larme ! La douleur d'un regret ! Voyons un peu ce qui t'abrite ! Amour ! Amour ! Où es-tu ? Où es-tu lorsqu'on t'appelle ? Amour ! Faut-il toujours que tu nous prennes par surprise ! Assassin ! Ne peux-tu te battre comme un homme ?

Massimo : Tu deviens fou, Aldo.

Aldo : Je souffre, mon ami, mais ça va passer. Je vais me poser là et attendre que le sommeil me prenne. Ne t'inquiète pas pour moi.

Massimo : Tu as raison.

Aldo : Je voudrais mourir, Massimo.

Massimo : Dors, mon ami… Dormir, c'est mourir jusqu'à demain.

Scène IV

Rubus : Rose, votre professeur est arrivé.

Rose : Est-ce le même qu'hier ?

Rubus : Eh bien, oui, je crois. Pourquoi cette question ?

Rose : Pour rien. Pour rien. Je me demandais.

Rubus : Je le fais entrer.

Massimo : Bonjour.

Rose : Oh ! Encore vous ? Vous arrive-t-il souvent de revenir sur un adieu ?

Massimo : Non, madame. C'est la première fois.

Rose : Votre ami doit être sacrément occupé pour refuser deux fois l'invitation d'une princesse. Viendra-t-il un jour ? Je vais finir par perdre espoir de le rencontrer…

Massimo : Pardonnez-le. Il est vrai que nos adieux n'ont tenu qu'un jour, mais les siens, à lui, sont partis pour durer. Hier, son amant**e** a pris la mer sans le lui dire. Quand il est arrivé au port, il n'y avait plus personne pour l'attendre. Il a le cœur lourd de mots d'amour qu'il n'a pas pu donner… Voilà ce qui le retient.

ROSE : Oh ! Je suis désolée de l'apprendre. Comment se porte-t-il ?

MASSIMO : Sa tête sait un départ que son cœur continue d'ignorer. Il est triste.

ROSE : C'est peut-être mieux ainsi. Peut-être était-elle prête à partir, mais pas à le quitter… Je connais assez de gens qui ont l'âme voyageuse mais le cœur casanier. Elle épargne à leur amour bien des larmes inutiles. Parfois ne rien dire du tout vaut mieux que trop parler.

MASSIMO : Mais la distance…

ROSE : Croyez-moi, aucun océan ne sépare deux êtres qui s'aiment. S'il doute aujourd'hui, c'est qu'avant même son départ elle était déjà loin. Mais qu'y a-t-il ? Vous semblez songeur…

MASSIMO : Vous le seriez aussi si vous l'aviez vu pleurer.

ROSE : L'amour a des lois étranges, j'en sais peu, mais celle-là, je la connais. Les étreintes laissent quelquefois des coups, les caresses, des griffes et les baisers des brûlures.

(Elle l'embrasse.)

ROSE *(troublée)* : Mais vous êtes fou ?

MASSIMO *(troublé)* : Je… ? Quoi ? Moi ?

Rose : Déjà hier, vous m'embrassiez, aujourd'hui vous recommencez !

Massimo : Pardon ! Mais, aujourd'hui, c'est vous qui m'avez embrassé !

Rose : Moi ? Quelle insolence ! J'étais en train de parler de… de… eh bien… de feu ! Et le temps de cligner des yeux, vous étiez sur mes lèvres !

Massimo : C'est faux ! Pas du tout ! Vous aviez terminé ! C'était le point de votre phrase.

Rose : Je n'avais pas fini !

Massimo : Alors c'en était la virgule. Continuez, je vous en prie.

Rose : Vous vous moquez ! J'ai perdu le fil. Je ne sais plus de quoi je parlais maintenant.

Massimo : De feu, vous l'avez dit.

Rose : Oui, mais vous avez coupé l'élan de mon discours ! Et du feu ne me reste que la fumée. Je ne sais pas bien comment reprendre…

Massimo : Voulez-vous que je le rallume ?

Rose : Oui ! Non ! Non ! Restez où vous êtes… Je reprends. Brûlures. Voilà ! Maintenant ma phrase est terminée.

Massimo : Non.

Rose : Comment ça ?

Massimo : Il manque le point. (*Ils s'embrassent.*)

Rose (*encore plus troublée*) : Cela suffit !

Massimo *(encore plus troublé)* : Pardon ! Cette fois, c'était moi.

Rose : Je vais finir par appeler Rubus ! Et vous…

Massimo : Je…

Rose : Je suis une princesse, vous savez !

Massimo : Je devrais peut-être partir.

Rose : Oui ! Non ! Non ! Ne recommencez pas ! Cette fois, vous restez.

Massimo : D'accord.

Rose : Vous n'avez qu'à vous mettre là, moi, je me mets ici.

Massimo : Très bien.

Rose : Voilà.

Massimo : Que faisons-nous ?

Rose : Je réfléchis !

Massimo : Bien. *(Temps. Elle se met à pleurer.)* Mais vous pleurez ! *(Il se précipite vers elle.)*

Rose : Restez là-bas, je vous dis ! *(Il fait demi-tour.)* Où allez-vous ?!

Massimo : Vous m'avez demandé…

Rose : Vous êtes un idiot.

Massimo : Je le sais bien, madame. *(Temps.)* À quoi pensez-vous ?

Rose *(n'entend pas et joue du piano, puis s'arrête)* : Vous m'avez posé une question ?

Massimo : J'ai ma réponse.

ROSE : Allons ! Venez vous asseoir, ne restez pas debout comme ça ! *(Désignant le piano.)*

MASSIMO : Vous jouez depuis longtemps ?

ROSE : Assez longtemps, oui. Ma grand-mère m'a tout enseigné. Voulez-vous que je vous apprenne ?

MASSIMO : Je ne suis pas un très bon élève, vous perdriez votre temps.

ROSE : Je vous rassure, vous n'êtes pas meilleur professeur non plus.

MASSIMO : Toujours est-il que vous savez valser.

ROSE : Quant à l'italien…

MASSIMO : À quoi bon parler quand on peut danser ?

ROSE : Posez vos mains là et cessez de dire des bêtises. *(Temps.)* Imaginez le piano comme une sorte de ligne du temps.

MASSIMO : Une ligne du temps ?

ROSE : Imaginez ! À droite se trouve le futur, plus aigu, et à gauche le passé, plus grave.

MASSIMO : Où se trouve le présent ?

ROSE : Au bout de nos doigts. Le présent, ce n'est que le futur qui danse et le passé qui gronde. La vie est jalonnée de touches noires et de touches blanches, ne vouloir jouer que d'une couleur, c'est limiter sa vie aux chansonnettes ou à la dissonance. Les grandes musiques, les symphonies, passent de l'une à l'autre, de l'autre à l'une, accompagnant les arpèges futurs des accords du passé. Quelquefois, ce qui semble sonner faux d'un côté, sonne juste de l'autre…

(*Massimo appuie sur des notes du piano, cela sonne faux. Ils se regardent. Silence.*)

Rose *(relançant)* : Vous lisez ?

Massimo : J'essaie.

Rose : Que voulez-vous dire ?

Massimo : Qu'une feuille vide coûte bien moins qu'une page déjà remplie. Le génie coûte cher. Aussi, quand j'ai de l'argent je lis, quand je n'en ai pas, eh bien… j'écris.

Rose : Ah, vous écrivez ?

Massimo : Modestement. Comme je vous l'ai dit.

Rose : Vous me ferez lire ?

Massimo : Je doute que ça ne soit à la hauteur d'une princesse.

Rose : De quoi cela parle-t-il ?

Massimo : D'un tas de choses… d'amour ?

Rose : N'aviez-vous pas dit que vous ne parliez pas d'amour ?

Massimo : Écrire, c'est quelquefois se taire à voix haute…

Rose : Vous êtes donc un romantique ?

Massimo : Mes écrits le sont.

Rose : C'est que vous l'êtes, vous aussi. Avez-vous lu Dostoïevski ?

MASSIMO : Qui ça ?

ROSE : C'est un Russe.

MASSIMO : Non, madame…

ROSE : Tenez ! Je vous le prête. Vous y ferez attention, c'est l'un de mes préférés.

MASSIMO : Je ne peux pas accepter.

ROSE : Mais si ! Prenez-le ! Je l'ai lu cent fois. Vous pardonnerez son état, j'ai la mauvaise habitude d'annoter mes passages préférés.

MASSIMO : Vous êtes toute pardonnée.

ROSE : Vous le lirez ?

MASSIMO : Je le lirai.

ROSE : Quant à vous, amenez-moi l'un de vos écrits demain ! C'est un échange !

MASSIMO : Je ne suis pas sûr que cela vaille un Dotseïovski.

ROSE : Dostoïevski.

MASSIMO : Dotsoïevksi.

ROSE : Mais non ! Vous faites n'importe quoi ! Tenez, suivez mes lèvres. Do.

MASSIMO : Do.

ROSE : Sto.

MASSIMO : Sto.

ROSE : Iev.

MASSIMO : Iev..

(Ils s'embrassent.)

Rubus : Madame ? *(Ils se séparent rapidement.)* Votre père demande à vous voir.

Rose : Tout de suite ?

Rubus : Tout de suite. *(Elle sort, silence.)* Cela se passe bien ?

Massimo : Très bien.

Rubus : Pardon, j'ai oublié votre prénom…

Massimo : Massimo.

Rubus : Massimo… C'est joli. Et que faites-vous dans la vie, Massimo ?

Massimo : J'enseigne… l'italien.

Rubus : Oui ! Suis-je bête. Et vous venez de… ?

Massimo : De Florence.

Rubus : Ah ! Florence ! Oui. Je me suis toujours demandé à quoi ressemblait l'Italie…

Massimo : À une botte.

Rubus : À une botte. Oui, on m'a dit. Comme celle-là, par exemple. *(Montrant sa chaussure.)*

Massimo : J'imagine, oui.

Rubus : Pardon, je n'ai pas beaucoup voyagé. Pourriez-vous m'indiquer où se trouve Florence ?

Massimo : C'est-à-dire que c'est compliqué.

Rubus : Vaguement. Que je sache.

Massimo *(choisissant un endroit au hasard)* : Ici.

Rubus : Ah ! J'aurais juré que c'était Rome.

Massimo : Eh non, c'est Florence.

Rubus : Comme quoi. On en apprend tous les jours.

Massimo : Oui.

Rubus : Je vais vous dire ce que je pense. Je pense que vous n'avez jamais mis les pieds en Italie. Et que vous ne parlez pas un mot d'italien. Que vous êtes un imposteur. Et que je vais devoir vous tuer. (*Silence.*) Je plaisante ! Détendez-vous. Vous faites une de ces têtes. Rentrez chez vous. Allez prendre l'air.

Massimo : Mais…

Rubus : Elle ne reviendra pas aujourd'hui.

Massimo : D'accord. Je vais y aller. *(Il fait mine de s'en aller.)*

Rubus : Massimo ! *Se non sei tu che vieni in Italia, lei verra da te*[1].

Massimo : Je vous demande pardon ?

Rubus : Ah oui ! J'oubliais. Florence ! Ce doit être mon accent qui vous surprend. Je disais : « Si ce n'est pas vous qui venez à l'Italie. C'est elle qui viendra à vous. » On s'est compris ?

Massimo : Je crois, oui.

Rubus : Au revoir, Massimo.

---

1. « Si tu ne vas pas en Italie, l'Italie vient à toi. »

SCÈNE V

ROSE : Où est Massimo ?

RUBUS : Parti.

ROSE : Que lui as-tu dit ?

RUBUS : Moi ? Rien du tout.

ROSE : Rubus.

RUBUS : Je lui ai dit de partir, vous devriez me remercier.

ROSE : Ne lui as-tu rien dit de plus ?

RUBUS : De plus ? Ah ! Vous voulez savoir si je lui ai dit que vous alliez vous marier ?

ROSE : Oui ! Lui as-tu dit ?

RUBUS : Non. Non, je n'ai rien dit. Mais est-ce important ? Dois-je vous rappeler vos propres paroles ? Qu'en est-il de cette guerre ?

ROSE : La guerre est finie.

RUBUS : Non, madame, elle ne fait que commencer ! Partout on dresse des murs aux frontières ! D'un côté les gens s'y bousculent, de l'autre ils s'y adossent. Seule la misère passe des deux côtés. Ces immenses barricades arrêtent jusqu'au soleil, si bien que plus le temps passe, plus notre ciel s'assombrit. Et plus il est difficile de distinguer l'homme du loup. Dans les rues gronde un rugissement sourd. Quelque chose se prépare et murmure sous les ponts et siffle dans le vent. Des murs ! Ils pensaient arrêter la peur, ils nous ont enfermés avec. C'est trop tard maintenant. Nous avons perdu la bataille par le fer, gagnons la guerre par l'or. L'homme qui voulait notre tête ne désire plus que votre main.

ROSE : Je la lui ai donnée. Qu'il prenne ma main droite et me laisse l'autre pour le gifler.

RUBUS : Quand un homme vous demande votre main, c'est votre cœur qu'il faut lui donner.

ROSE : Faut-il que je l'aime en plus ? Regarde-moi, ai-je l'air d'un trophée ? Il m'arrache de chez moi et veut me voler jusqu'à la langue que je dois parler. S'il veut que je l'aime en italien, qu'il me laisse le haïr en français.

RUBUS : Si vous n'épousez pas cet homme, tout est fini. Et voulant vous entourer d'alliés, vous serez encerclée par des ennemis.

ROSE : Qu'attends-tu de moi au juste ?

RUBUS : Moi ? Rien ! Mais votre pays…

ROSE : Mon pays ! Mon pays dont j'ignore tout. De ses rues, de ses murs ? Mon pays qui ne m'a jamais vue, que je n'ai jamais rencontré ? Dont on m'a toujours tenue éloignée ? Mon pays avec qui je ne partage rien, sinon ces tristes nuages qui quelquefois arrivent à grimper jusqu'à ces fenêtres ? Je ne sais rien de ces gens… Qu'aiment-ils faire ? Que mangent-ils ? De quoi sont faits leurs rêves ? Et que savent-ils des miens ? Savent-ils au moins mon nom ? J'ignore tout d'eux. Ils ignorent tout de moi. Et voilà qu'on me place à la tête de cette nation sur le point de mourir. On me supplie, on m'implore de réparer les excès de mes pairs. Mais je ne suis pour rien de la misère qui gronde dehors ! Les coupables sont morts, ou en train de mourir. Ne reste que les innocents. Je ne suis qu'une enfant à la tête d'autres enfants abandonnés et laissés pour morts. Je n'ai commis que le crime de naître de mes parents. Et parfois, j'aimerais pouvoir ne plus penser qu'à moi et ne me soucier d'autre chose. Manger en oubliant que d'autres ne mangent pas, dormir en oubliant que d'autres ne dorment pas, rire en oubliant que d'autres ne rient plus. Pourquoi n'en aurais-je pas le droit ? Serait-ce un crime d'oublier le monde et de penser à moi ?

RUBUS : Savez-vous ce qu'est l'hiver quand on n'a nulle part où aller ? En hiver, madame, le cœur ne bat plus, il tremble. On marche les nuits entières pour éviter de geler et le givre nous brûle comme les flammes d'un grand feu. On aimerait bien mourir, mais le froid nous endort. Et on se lève chaque matin avec la rage au cœur de ne pas même en avoir assez pour s'achever soi-même. Et savoir que, peut-être, tout pourrait prendre fin sur une simple alliance ! Rose ! Savez-vous ce que ça représente pour un homme comme moi ? Je connais tant de gens qui n'ont pas la chance que j'ai et qui sont toujours enfermés dehors. Et chaque soir, quand je me couche dans ce lit que vous me donnez, je me souviens d'où je viens et cela me hante. Vous ne pouvez pas les abandonner. Pas après tout ce que vous avez fait. Je vous l'interdis.

ROSE : Sais-tu ce que c'est d'avoir tout et de toujours manquer ? D'avoir ce terrible vide que rien ne parvient à atteindre ou combler ? D'être conviée aux plus grands repas, invitée aux plus grandes soirées, et de sans cesse mourir de solitude. Être couverte des plus beaux tissus, des plus chaudes couvertures et trembler, toujours ? De porter la responsabilité du monde sur ses épaules, chaque jour… Ne pouvoir rien faire, rien dire, sans précipiter une nation entière avec soi. Quand le vent souffle dehors, l'on peut se cacher sous des draps, mais quand c'est notre cœur qui gronde, quand la tempête n'est plus au-dehors, mais au-dedans, comment fait-on, Rubus ? Comment fait-on pour faire cesser de pleuvoir un cœur quand on ne sait rien du chagrin ?

RUBUS : Je ne sais pas.

ROSE : Massimo non plus, je crois. Mais lui, on dirait que son âme a comme appris à danser sous la pluie. Et ses sourires sont aussi lumineux qu'ils sont tristes. Il semble consolé d'être inconsolable. Et comme les feuilles mortes font de leur chute une danse sur le vent, il fait de son automne le plus doux des printemps.

RUBUS *(réalisant)* : Vous l'aimez...

ROSE : Il me manque, oui. Même quand il est là. Et ses yeux semblent savoir tout ce que mon cœur ne lui dit pas. Non, je ne l'aime pas. Mais quand il sourit, j'ai chaud, j'ai froid. Je frissonne, c'est cela. Je connais par cœur le son de sa voix, ses bras autour de moi sont un rempart aux nuages. Je l'aime ! Oui, et c'est terrible ! Ses yeux sont deux soleils, je brûle qu'il me voie. Et quand il me regarde, mes larmes se figent en cristal, et d'un revers de la main, il fait un collier de perles de mon chagrin. Je l'aime, Rubus.

RUBUS : Qu'allons-nous faire... ?

ROSE : Je ne sais pas. Je pourrais me faire passer pour morte ?

RUBUS : Que dites-vous ?

ROSE : Prendre je ne sais quel poison qui, sans me tuer, m'engourdirait le cœur. Imagine ! Une fois la nuit tombée, je me réveillerais seule et partirais rejoindre Massimo...

RUBUS : Rose...

ROSE : Non ! Non ! Tu as raison ! Mauvaise idée ! Nous pourrions trouver quelqu'un qui me ressemble ?

Nous échangerions les rôles. Elle ne dirait que ce qu'il faudra dire. Elle vivrait au grand jour, moi j'aimerais dans la nuit.

RUBUS : Rose…

ROSE : Et si je déplaisais au prince ? Si j'étais si laide qu'il partait de lui-même. *(Elle se décoiffe.)* Comment me trouves-tu ?

RUBUS : Rose…

ROSE : Et maintenant ? *(Se décoiffant violemment.)* Et maintenant ? Suis-je toujours une princesse ? Peut-il encore m'aimer ? Suis-je encore si jolie ?

RUBUS : Vous l'êtes.

ROSE *(après un silence)* : Rubus, si je te demandais de tuer le prince, le ferais-tu ?

RUBUS : Faut-il que je le tue ?

ROSE : Non ! Non ! Je parle sans savoir, je suis si troublée. Pardonne-moi. Je suis tombée amoureuse de Massimo, cela doit me suffire. Pas la peine de l'aimer. Il faut se rendre à l'évidence, arrêter de rêver. Je vais épouser le prince. Il le faut.

RUBUS : Ma mère disait souvent : « Quand on a les yeux ouverts, on voit ce qu'on a ; quand on a les yeux fermés, on voit ce qu'on voudrait. Voilà pourquoi on dort les yeux fermés et que l'on continue de battre des paupières toute la journée. »

ROSE : Tu ne m'avais jamais parlé de tes parents.

RUBUS : Ma mère était tout ce que j'avais. On n'était pas grand-chose, je veux dire, comparé à vous, mais c'était une grande dame. Quand on a perdu la maison, on n'avait nulle part où aller. Quand j'y pense, c'était la seule personne au monde qui pouvait donner aux trottoirs des allures de palais. Elle arrivait presque à me convaincre que nous n'avions pas faim, mais qu'on refusait de manger. Quand elle est morte, j'ai réalisé qui j'étais. À quel point je n'étais rien. À quel point j'étais insignifiant. J'étais furieux. Contre le monde ! Contre les gens ! Et c'est cette colère qui m'a permis de tenir. J'ai fait des choses dont je ne suis pas très fier. Les lois de la rue ne sont pas les mêmes qu'ici, vous savez. J'étais tout seul. Quelquefois il faut bien se salir les mains pour pouvoir laver le reste.

ROSE : Et ton père ?

RUBUS : Mon père… n'était pas là. D'ailleurs, vous devriez parler au vôtre de cette histoire. Il a sans doute la sagesse qui vous manque et l'esprit qui me fait défaut.

ROSE : Non ! Mon père, à moi, est un idiot. De sagesse il n'a que les années et d'esprit que l'arrogance. C'est un vieillard aigri, sec et triste.

RUBUS : Vous lui devez la vie.

ROSE : À qui l'on doit la vie, l'on doit la mort aussi.

Scène VI

Aldo : Massimo !

Massimo : Aldo !

Aldo : Je t'ai cherché partout. Où étais-tu ?

Massimo : Tu dormais ce matin, je n'ai pas osé te réveiller !

Aldo : Parle moins fort ! Tu es fou ! Viens vite !

Massimo : Que se passe-t-il ?

Aldo : As-tu remarqué quelque chose ? Est-ce que quelqu'un te suivait ?

Massimo : Personne, pourquoi cela ?

Aldo : En es-tu sûr ?

Massimo : Non ?...

Aldo : Non ? Non ! Bien sûr que non ! C'est exactement ce qu'ils veulent !

Massimo : Qui ça ?

Aldo : Insinuer le doute dans notre esprit. Et nous prendre par surprise.

Massimo : Aldo, soit tu n'as pas dormi de la nuit, soit tu dors toujours.

Aldo : Massimo, tu ne te rends pas encore compte de la gravité de la situation… Je n'ai pas été donner cours à la princesse aujourd'hui.

Massimo : Ce n'est que ça ?

Aldo : Je suis désolé. La princesse a peut-être déjà envoyé ses gardes pour nous emmener. Et qui sait quel terrible destin nous attend.

Massimo : Ne t'inquiète pas, j'y…

Aldo *(le coupant)* : Tout cela par ta faute !

Massimo : Ma faute ?

Aldo : Tu ne m'as pas réveillé ! Moi, ton ami, ton frère… Tu m'as trahi en me condamnant à mourir !

Massimo : Ah ?…

Aldo : Ah ! Quoi ? Que se passe-t-il ?

Massimo : Il me semble que j'entends quelque chose !

Aldo : Non !

Massimo : Je vais voir.

Aldo : Non, mon ami, c'est trop dangereux.

Massimo : Oh, mon Dieu !

Aldo : Quoi ?

Massimo : Des gardes !

Aldo : Non !

Massimo : Ils sont trois, je crois.

Aldo : Tout cela par ta faute…

Massimo : Trente.

Aldo : Trente ?

Massimo : Oui, je n'avais pas remarqué ceux déguisés en buissons !

Aldo : Je le savais ! Maudits buissons !

Massimo : Tous armés de fusils et de cordes.

Aldo : Des cordes ? Pour quoi faire, des cordes ?

Massimo : Que sais-je ?

Aldo : Peu importe ! Ce mot ne m'inspire rien de bon.

Massimo : Peut-être devrais-tu te cacher…

Aldo : En es-tu sûr ?

Massimo : Oui, j'ai lu ça dans un livre ! Cours te cacher, moi je me charge de les faire partir.

Aldo : Mais comment vas-tu faire ?

Massimo : Ne t'inquiète pas pour moi, je ne risque rien.

Aldo : Non ! Mon ami ! C'est trop dangereux.

(Massimo frappe discrètement à la porte pour l'apeurer.)

Aldo : *Dio mio ! (Il se cache sous la table.)*

Massimo : On dira ce qu'on voudra, Molière avait du génie.

Aldo *(sortant de dessous la table) :* Et puis non ! Je ne peux pas laisser faire une telle injustice. C'est moi le seul coupable, c'est à moi de souffrir. Cache-toi sous la table, je vais m'en occuper. Mon ami, le temps est venu de nous dire adieu. Merci. J'ai eu beaucoup de chance d'avoir un jour croisé ta route.

Surtout, continue de faire toutes ces choses inutiles que le monde ne mérite pas. Et garde cette mine mélancolique, quoi qu'on te dise. Si tu es triste, c'est parce que tu es fait pour le bonheur. Ne renonce pas à ça. Jamais. Promets-le-moi. Allons bon ! Adieu, mon ami. *(Se retournant.)* Vils ! Monstres ! Venez me chercher ! Faites couler mon sang, verser mes larmes, vous n'aurez rien de plus que la mort ne m'aurait arraché ! *(Il sort, long silence.)*

MASSIMO : C'était un beau discours Aldo ! Mais ne t'inquiète pas ! Je suis allé voir la princesse tout à l'heure ! Tu ne risques rien ! Ha ha… Je suis désolé, le livre montrait comment commencer l'imposture, pas comment la terminer… *(Coup de feu.)* Aldo ?! Aldo ?… mais…

ALDO : MAIS QUOI ?

MASSIMO : Tu m'as fait peur !

ALDO : Crois-tu être le seul ? *Stupido !* J'ai cru que j'allais mourir !

MASSIMO : Nous mourrons tous un jour !

ALDO : Toi le premier ! Il y a deux balles dans ce fusil, la première était pour le ciel, la deuxième est pour toi ! Viens par ici ! *(Ils se bagarrent jusqu'à tomber dans les bras l'un de l'autre, essoufflés.)*

MASSIMO : Je suis content de te retrouver !

ALDO : Moi aussi !

MASSIMO : Toi, tu me caches quelque chose !

Aldo : Pas du tout !

Massimo : Ah non ?

Aldo : J'ai reçu une lettre.

Massimo : Une lettre ?

Aldo : D'elle ! De mon amour ! Elle a dû s'égarer, elle n'est arrivée que ce matin !

Massimo : Ah oui ? Je peux la lire ?

Aldo : Je t'en prie, laisse-moi te faire la lecture. Ainsi, je la lis encore une fois. Non ! Reste assis ! Tu n'es pas préparé. *(Lisant.)* « Mon amour (ça, c'est moi), le ciel a décidé de nous séparer. J'en suis bien désolée. J'ai tenté de ralentir l'équipage, mais c'était inutile. Déjà nous quittons le port. J'ai cherché du regard ta silhouette ou bien ton ombre, tant que j'ai pu, mais tu n'es pas apparu. Je me contenterai de ton souvenir durant ce long voyage qui me retient. Aussi, je t'écris cette lettre qui, j'espère, te parviendra. Je t'aime ! Je t'aime ! (Elle l'a écrit deux fois !) Tu vas me manquer. Je reviendrai vite chercher ce baiser que tu ne m'as pas donné. Je n'appartiens qu'à toi, ne m'oublie pas. Ton amour. » Alors ! Qu'en dis-tu ?

Massimo : J'en dis que ça n'est pas trop mal !

Aldo : N'y aurait-il pas une pointe de jalousie ?

Massimo : Je l'avoue, peut-être un peu.

Aldo : Mais toi ! Dis-moi, ce cours d'italien ?

Massimo : Oui ?

Aldo : Comment cela s'est-il passé ?

Massimo : Elle m'a embrassé.

Aldo : Qui ça ?

Massimo : La princesse, Aldo.

Aldo : La princesse t'a embrassé ? *(Sautant de joie.)* La princesse t'a embrassé ! La princesse t'a embrassé ! La princesse t'a embrassé ! Massimo ! Il faut ouvrir une bouteille !

Massimo : À quoi bon boire puisque nous sommes déjà ivres ?

Aldo : Le vin et l'ivresse sont indissociables, retiens bien ça. Si tu as l'un, c'est que l'autre va te manquer. Mais raconte-moi ! Raconte-moi !

Massimo : Eh bien, elle a très vite deviné l'imposture !

Aldo : *Dio mio !* Et tu n'es pas mort ?

Massimo : Si c'est cela mourir, alors qu'on me tue chaque jour de la même manière. Je suis prêt à mourir encore. Regarde-moi ! Ai-je l'air d'un condamné ?

Aldo : L'amour est un poignard, mon ami, on ne meurt que quand il se retire. Comment est-elle ?

Massimo : Belle !

Aldo : Mais encore !

Massimo : Splendide !

Aldo : Vas-tu parler un jour ? Parle ! Parle !

Massimo : C'est que je ne sais pas par quoi commencer ! Elle est belle, oui. Et le monde n'a rien inventé pour pouvoir en parler. C'est un trésor qui parle la langue du cœur, et si tu veux savoir sa beauté, pose ta main sur ma poitrine, chaque battement va te la raconter. Quand elle parle, on dirait qu'elle chante, et quand elle marche, on dirait qu'elle danse. Et quand elle sourit, Aldo, quand elle sourit, c'est le monde qui s'arrête de tourner, c'est le temps qui s'arrête de passer. Elle a l'arrogance d'un Mozart, la douceur d'un Vermeer, le génie d'un Musset… Et tous n'ont passé leur vie qu'à tenter de l'inventer. Quand ses yeux me quittent, je cesse d'exister. Mon cœur oublie comment battre, mes jambes comment marcher. Et je dois réapprendre à vivre jusqu'à les recroiser. Je suis comme plongé dans l'océan ; sans ses yeux, je suis en apnée. Je compte les heures qui me séparent d'elle, comme si je pouvais les faire à pieds.

Aldo : Et ses yeux ! Comment sont ses yeux ?

Massimo : Elle **a** de petits grands yeux verts, qui ont la profondeur des bruns et la douceur des bleus.

Aldo : Tu me rendrais presque amoureux…

Massimo : Et sur ses épaules traînent des cheveux blonds, qu'on dirait faits d'or !

Aldo : Oui…

Massimo : C'est une créature sublime…

Aldo : Je…

Massimo : Quand elle est immobile, on la croirait sculptée.

Aldo : Allons ! Il n'y avait pas moyen de te faire parler ! Maintenant il est impossible de te faire taire !

Massimo : J'y retourne demain.

Aldo : Quoi ? Tu es fou ?

Massimo : Et alors ? Qu'est-ce que ça peut faire ?

Aldo : Crois-moi, il serait plus sage de te raviser. Les amours impossibles sont comme les allumettes, c'est une bien petite flamme pour beaucoup de fumée.

Massimo : Et qui te dit que c'est impossible ? Une allumette suffit à faire prendre un brasier !

Aldo : Massimo, c'est une princesse et toi tu es…

Massimo : Quoi ? Qui suis-je au juste pour ne pas avoir le droit de l'aimer ?

Aldo : Ce n'est pas ce que je dis, tu le sais très bien. Tu as l'âme d'un prince, mais elle en a le titre.

Massimo : Le titre ne fait rien puisque je l'aime. Sa couronne a la valeur des cheveux qui s'y sont emmêlés. Elle serait paysanne, je l'aimerais quand même.

Aldo : Ah, mon ami ! Je déteste quand tu fais ça !

Massimo : Quoi ?

Aldo : Quand tu as raison d'avoir tort ! Cela me donne envie de te frapper !

Massimo : Frappe-moi, Aldo ! Mais laisse-moi y aller !

Aldo : Sais-tu au moins son nom ?

MASSIMO : Bien sûr ! C'est…

ALDO : Tu l'ignores, n'est-ce pas ?

MASSIMO : Sans me l'avoir jamais dit, mon cœur le sait par cœur. Tantôt c'est Soleil, tantôt Parfum de fleurs, tantôt Sable chaud, Rêve, Oiseau, Brise, Vague, Sourire, Éclat… Sans savoir le mot, je connais cent fois la chose.

ALDO : Eh bien oui…

MASSIMO : Oui ?

ALDO : Vas-y ! Mais jure-moi d'apprendre au moins son nom avant que de te faire tuer, pauvre fou.

MASSIMO : Je te le promets.

Scène VII

(Rose joue du piano. Massimo rentre en silence, mais n'ose pas l'interrompre.)

Rose : Vous êtes là ?

Massimo : Non. Enfin, si. Mais je…

Rose : Ne vous a-t-on jamais dit qu'il était impoli d'écouter aux portes ?

Massimo : Je n'écoutais pas.

Rose : Et que faisiez-vous alors ?

Massimo *(improvisant)* : Je… m'entraînais.

Rose : À quoi ?

Massimo : À la… téléportation.

Rose : La téléportation ?

Massimo : Oui, c'est une idée que j'ai eue. Imaginez. Un instant vous êtes quelque part, et un autre… vous n'y êtes pas.

Rose : Et comment comptiez-vous faire ?

Massimo : C'est simple, fermez les yeux.

Rose : Massimo…

Massimo : Faites-moi confiance.

(Rose ferme les yeux. Massimo s'approche, il pose les bras de Rose autour de son cou.)

MASSIMO : Ouvrez. *(Rose ouvre les yeux.)* Tada. Vous voyez ? Le monde a disparu.

ROSE : Découverte fascinante. En effet. Mais vous, vous êtes toujours là. C'était le but, je crois.

MASSIMO : C'est vrai. Eh bien, moi, je disparais chaque fois que vous les refermez.

ROSE : Et où allez-vous ?

MASSIMO : Je l'ignore. Mais il fait sombre, et froid.

ROSE : Une grotte ?

MASSIMO : Sans doute.

ROSE : Ce serait terrible que vous y restiez coincé !

MASSIMO : Vous n'oseriez pas ! ?

ROSE *(fermant les yeux)* : Dites-moi ! Que voyez-vous ?

MASSIMO *(jouant le jeu)* : C'est terrifiant ! Il y a... *(improvisant)*... du vent, et des bruits de tornade !... Des rideaux hideux !

ROSE *(vexée)* : Mais !

MASSIMO : Enfin, je veux dire...Oh mon Dieu ! Un monstre, là, en face de nous !

ROSE : Oh non ! Comment est-il ?

MASSIMO : Il a des cornes, et une peau pleine d'écailles.

ROSE : Un licormon !

MASSIMO : Un licormon ?

ROSE : Un mélange de licorne et de saumon.

MASSIMO : Un licormon !

ROSE : Parle-t-il italien ?

MASSIMO : Sûrement ! Voulez-vous que j'essaie de lui parler ?

ROSE : Allez-y !

MASSIMO: *Hola ! Buenos días !*

ROSE : C'est de l'espagnol, ça !

MASSIMO *(rugissant)* : Oh mon Dieu ! Ça l'a énervé !

ROSE : Oh non !

MASSIMO : Chut ! Ne parlez pas ! Plus un mot !

(Rose rigole en silence, toujours yeux fermés.)

MASSIMO : Il ne faut pas qu'il nous entende. Vous allez bien ?

(Rose jette quelque chose.)

MASSIMO : Que faites-vous ?

ROSE : C'était pour le surprendre ? Est-il surpris ?

MASSIMO : Je vais voir. *(Il passe la tête.)* Ah oui, oui, très !

ROSE : Il faut l'attaquer !

MASSIMO : Vous êtes sûre ?

ROSE *(criant)* : Licormon ! Licormon !

MASSIMO *(rugissant)* : Arrêtez ! Vous avez perdu la tête ? *(Rugissant.)* Vite ! Ouvrez les yeux ! Vite ! Avant qu'il nous dévore ! Ouvrez les yeux. *(Il joue avec elle, ils sont sur le sol, le jeu devient de plus en plus intime.)* Allez. Ouvrez les yeux. *(Ils s'embrassent.)*

(Rose, soudainement mélancolique, s'écarte et s'assoit plus loin.)

MASSIMO : Que se passe-t-il ?

ROSE : C'est compliqué.

MASSIMO : Je vous connais…

ROSE : Non. Vous ne savez rien de moi. Personne ne sait. Pour les uns, je suis une princesse. Pour les autres, une beauté. Et mon territoire s'arrête au titre qu'on veut bien me donner. Éternellement traînée de l'avidité à la vanité, du pouvoir à la femme. Que j'aie les yeux ouverts ou fermés ne change rien. On ne me voit pas. Pire encore que d'être invisible, on m'invente. On me trahit. L'on fait de moi un mensonge. Tableau ambulant du désir d'un peuple.

MASSIMO : Madame…

ROSE : Vous connaissez le monde. Mérite-t-il tant de larmes ? Mérite-t-il à ce point qu'on souffre de le porter ?

MASSIMO : Plus encore !

ROSE : Et pourquoi ?

MASSIMO : C'est lui qui m'a mené jusqu'à vous. Je pourrais le haïr que je continuerais de l'aimer.

ROSE : Vous ne comprenez pas.

MASSIMO : Excusez-moi. Je pensais…

Rose : Vous pensez mal. *(Relançant.)* Massimo. Si je vous permettais d'arrêter la guerre, le feriez-vous ?

Massimo : Sur-le-champ, oui.

Rose : Et contre quoi ?

Massimo : Tout ! Évidemment.

Rose : Contre moi ?

Massimo : Que voulez-vous dire ?

Rose *(silence, puis, changeant de sujet)* : C'est à votre tour ! Fermez les yeux.

Massimo : Mais…

(Il obéit.)

Rose : Allez. Obéissez.

Massimo : Où sommes-nous ?

Rose : Dans un théâtre.

Massimo : Un théâtre ?

Rose : Oui. Il y a du monde. Le balcon est rempli. Les gens nous regardent attentivement. Nous sommes sur la scène. C'est le silence. Ils attendent la prochaine réplique.

Massimo : Y a-t-il un texte, au moins ?

Rose : Oui. Mais il est interdit. Personne ne le connaît. Chacun joue son rôle dans l'hésitation et la précipitation. Et l'histoire se révèle. Les spectateurs rient, ou bien pleurent. Parfois, un comédien tombe, un autre disparaît. Et le spectacle continue, encore et encore, sans que personne puisse quitter la scène.

MASSIMO : Est-ce une comédie ? Ou bien une tragédie ?

ROSE : Un drame, Massimo. C'est un drame.

(Rubus entre, Rose l'aperçoit et s'enfuit.)

MASSIMO : Et comment finit-elle cette pièce ?

(Rubus applaudit, Massimo ouvre les yeux.)

RUBUS : Comme elle a commencé. Savez-vous pourquoi l'on applaudit à la fin des représentations ? Pour réveiller les comédiens. Il arrive que certains jouent si bien qu'on ait peur qu'ils ne reviennent jamais à eux. Les applaudissements ne sont pas des remerciements. Ce sont des mises en garde. Faites attention de ne pas vous perdre dans vos rêves, Massimo.

Scène VIII

Rubus : Il faut que je vous parle, papa. Promettez d'entendre ce que j'ai à vous dire jusqu'au bout. Sans m'interrompre. Et d'être juste, comme vous l'avez été avec moi. Promettez. Ma mère me parlait souvent de vous. Elle me racontait souvent votre rencontre. Elle disait que vous étiez un grand homme. Elle vous aimait, et vous l'aimiez aussi, n'est-ce pas ? Qui d'autre que vous peut comprendre, alors ? Il faut que vous m'aidiez, papa. Vous m'avez fait jurer de ne rien dire à personne. Et de me montrer digne de vous. De veiller sur ma sœur comme un frère. Et je le fais du mieux que je peux depuis, je vous assure. Mais, aujourd'hui, il se passe quelque chose. Je ne sais pas si je dois vous en parler. Quoi que je fasse, je trahis l'un ou l'autre. Il me semble pourtant que vous saurez quoi faire. Votre fille aime un homme. Non, ne vous énervez pas. Laissez-moi finir. Quand elle le regarde, quand elle parle de lui, je revois ma mère me parler de vous. Je ne sais pas grand-chose de l'amour, moi qui ne suis que moi. Mais si l'amour existe, eh bien, je crois qu'il doit ressembler à cela. Bien entendu, je l'ai convaincue de le quitter. De le chasser demain. Et ce sera fait. Comme le devoir l'y oblige. Comme le devoir vous y a obligé. Mais hier, en allant me coucher, je suis tombé sur ce mot qu'elle a rédigé. Promettez d'être calme. Et de comprendre. Je vous en supplie. Votre fille a décidé de déjouer le destin et de partir avec lui. Elle lui donne rendez-vous quelque part sur les quais. C'est ce qu'il y a d'écrit. Lisez-le. Vous verrez, comme c'est joli. Comme il est difficile de vouloir les séparer. Vous avez été à sa place, vous avez aimé ma mère, peut-être pouvez-vous comprendre. Il le faut ! Nous trouverons d'autres solutions. Le devoir est insatiable et lui donner la main, c'est lui tendre le bras. Vous voyez bien, papa ! Vous, vous avez abandonné ma mère, et qu'est-ce que cela a changé ? Elle est morte, papa ! Et regardez dehors ! Qu'est-ce que cela a changé ? Répondez ! Vous êtes là, en train d'attendre la mort, qui vous tue à petits pas. Mais dehors c'est un grand coup qu'elle frappe. Dehors, la mort ne tue pas, papa ! Elle avale ! Elle broie ! Elle marche dans les rues aux sifflements des balles, au grondement du vent. Et tous vos sacrifices n'y peuvent rien changer ! Ma mère avait besoin de vous et votre devoir l'a laissée mourir sous votre fenêtre. Vous l'avez laissée… !

(Se reprenant.) Pardon, c'est que tout cela, je veux dire… faut-il toujours répéter les mêmes actes et en espérer un résultat différent ? Ne peut-on pas briser cette roue infernale ? Peut-être que votre fille a raison de vouloir s'enfuir, après tout.

Scène IX

Massimo : Bonjour !

Rose : Ah, vous voilà.

Massimo : Vous ne m'attendiez pas ?

Rose : Si. Si. *(Silence.)*

Massimo : À quoi pensez-vous ?

Rose : À rien.

Massimo : Vous avez l'air triste.

Rose : Arrêtez.

Massimo : Je peux peut-être vous aider.

Rose : J'en doute.

Massimo : Que voulez-vous ? La première chose qui vous vient. Dites-moi ! Que diriez- vous d'un panier de framboises ? Ou d'un bouquet de pivoines ? Non, bien sûr. Trop simple… Que diriez-vous d'un collier de perles ? D'un diadème en pierres de lune ? Plus fantasque ? Une édition oubliée de monsieur Dotso… Dsotovi… de Victor Hugo ? Plus héroïque ? Voulez-vous que j'assassine un homme ? Que j'assiège un pays ? Que je presse une nation ? Donnez-moi cinq minutes. Que j'accable ! Que j'assaille ! Que je harcèle ! Que j'inquiète ! Que je bombarde ! Que je tiraille !

ROSE : Calmez-vous.

MASSIMO : Oui, vous avez raison. De toute façon, je n'ai jamais su comment me battre. J'aurais sans doute mis plus d'une heure. Restons réalistes. Voulez-vous qu'il pleuve ?

ROSE : Arrêtez. Demain, c'est votre ami qui viendra me donner cours ou je le ferai arrêter et fusiller.

MASSIMO : D'accord, il viendra.

ROSE : Bien. Je vous laisse.

MASSIMO : J'ai les quelques textes que vous m'aviez demandés.

ROSE : Ah oui ? Je peux les voir ? *(Se reprenant.)* Posez ça là.

MASSIMO : Vous ne voulez pas les lire ?

ROSE : Plus tard, peut-être. Je n'ai pas la tête à la poésie aujourd'hui.

MASSIMO : Et que diriez-vous d'apprendre le tango ? C'est une danse qui commence du mauvais pied…

ROSE : Ça suffit. J'ai du travail. Je vous demande de vous retirer.

MASSIMO : Bien, je m'en vais.

ROSE : Attendez ! Vous partez sans le livre que je vous ai donné.

MASSIMO : Vous me l'avez donné ?

ROSE : Il vous a plu ?

Massimo : Beaucoup. Il vous ressemble un peu. Mais le dénouement est terrible.

Rose : Je vous laisse.

Massimo : Madame, nous reverrons-nous ?

Rose : Non, jamais. Je n'ai plus de temps à perdre avec vous. C'était amusant le temps que ça a duré, mais à présent vous m'ennuyez. Ne faites pas cette tête, vous ne pensiez tout de même pas que cela pourrait continuer éternellement ? Que vous viendriez tous les jours, dans cette même chemise froissée, avec votre air naïf, et vos cheveux décoiffés, me parler du temps qu'il fait ? Savez-vous ce qu'est une princesse ? Vous comptez les nuages, moi les tempêtes. Nous n'avons rien à nous dire. Quant aux textes que vous avez écrits, posez-les là, sur la pile de mes lettres et courriers, et un jour peut-être, je les lirai et me dirai : « Tiens, Massimo, qui était-ce déjà ? Que m'a-t-il enseigné ? Était-il brun ? Blond ? Petit ? Gros ? Laid ? » Et sans me souvenir de vous, je les jetterai au feu en pensant : « Merci, Massimo de m'avoir réchauffée. »

Massimo : Madame…

Rose : Cela fait quatre jours que vous venez, quand comptiez-vous m'apprendre ce pour quoi je vous paie ?

Massimo : Si c'est d'argent que nous parlons, tenez, je vous le rends. Vous, rendez-moi la femme que je connais.

ROSE : Elle est devant vous.

MASSIMO : Vous mentez ! Je ne reconnais ni les yeux, ni la voix. Vous me parlez comme ça pour la première fois. Que se passe-t-il ?

ROSE : Rien du tout. Je vous l'ai dit.

MASSIMO : Est-ce le baiser d'hier ? Madame, si c'est cela, pardonnez-moi. Ça n'arrivera plus. Je saurai me tenir. Je vous assure. S'il faut que nous parlions, vous là-bas, moi ici, alors faisons comme ça ! Nous porterons la voix, cela peut être amusant. Et si nous reprend l'envie de nous embrasser, nous n'aurons qu'à le dire. Se dire des baisers, n'est-ce pas une bonne idée ?

ROSE : Non. Ce n'est pas ça.

MASSIMO : Est-ce parce que je suis parti sans vous saluer ? C'est Rubus qui m'a dit de partir, qu'il était inutile de vous attendre. Sinon, je serais resté, vous le savez bien. Je peux vous dire au revoir maintenant, sortir, re-rentrer… *(Il s'approche.)*

ROSE : Allez-vous-en.

MASSIMO : Madame…

ROSE : Dois-je appeler Rubus pour qu'il vous traîne jusqu'à la porte ?

MASSIMO : C'est inutile. Épargnez à ses bras le poids d'un cœur que seul un idiot peut porter. *(Il perd l'équilibre.)*

ROSE : Qu'avez-vous ?

MASSIMO : Ce n'est pas grand-chose, vraiment. Ne vous inquiétez pas. Je vous aime, c'est tout.

ROSE : Ne dites pas cela !

MASSIMO : Que je vous aime ? Eh bien soit. Vous, dites-moi que vous ne m'aimez pas !

ROSE : Ça suffit !

MASSIMO : Dites-le-moi !

ROSE : Non ! Non ! Vous n'êtes rien d'autre… qu'un… qu'un… non ! Je ne vous aime… pas !

MASSIMO : Regardez ! Vous souffrez de me le dire bien plus que moi de l'entendre. Cessez de détourner la tête ! Regardez-moi dans les yeux ! Je vous en supplie. Moi encore, je vous aime, ce n'est rien. Mais vous, si vous m'aimez… Ne vous blessez pas le poing en voulant me frapper. Dites-moi où je dois avoir mal, et laissez-moi m'en charger. Que faut-il que je fasse ?

ROSE : Partez…

MASSIMO : Madame, je suis perdu partout où vous n'êtes pas. Dites-moi où aller, je marcherai tout droit. Je traverserai l'océan, les pays, les montagnes, sans jamais quitter des yeux la direction que vous me donnerez. La terre est ronde, aussi, peu importe où vous pointerez le doigt, c'est vers vous que je marcherai. Et comme l'aiguille d'un pendule indique l'heure exacte qu'il est, vous saurez, me voyant reparaître sous votre fenêtre, combien de temps dure pour moi l'éternité.

Rose : Massimo…

Massimo : Êtes-vous sûre que c'est ça ? Massimo ? Massimo ! Ah oui, c'est moi ! Ah ! Est-ce la terre qui se secoue ou mes jambes qui tremblent ? Ça ne peut être que le sol, vous tremblez vous aussi. Venez ! Venez dans mes bras. Vous ne voulez pas ? Tout tombe. Je suis tombé. Je me noie. Il fait sombre ici. Suis-je en train de rêver ? Oui, c'est cela ! Je rêve ! Vous n'êtes qu'un cauchemar, je vais me réveiller. Comme nous rirons demain de cette funeste discussion. Allez-y ! Frappez ! Frappez, vous dis-je ! Dites-moi un peu que vous ne m'aimez pas. Frappe, spectre ! Tu ne parles pas ? Peu m'importe maintenant que ton masque est tombé. Tu as ses traits, tu as son visage, mais qu'en est-il du reste ? Où est sa poésie ? Où est son charme ? Où est son parfum ? Où est sa lumière ? Tu t'es trompé. Tu crois être une larme, mais tu n'es qu'une goutte. Tu crois être un rire, mais tu n'es qu'un bruit. Tu crois être mon amour, mais tu n'es qu'un songe.

Rose : Vous perdez l'esprit. Calmez-vous. Calmez-vous. *(Temps.)*

Massimo : C'est vous ? Je ne rêve pas.

Rose : Non.

Massimo : Vous ne m'aimez plus.

Rose : Non, je ne vous aime pas. Rentrez chez vous.

Massimo *(se redressant)* : Je sais ! Je vais vous lire ce que j'ai écrit et vous m'aimerez de nouveau.

Rose : Non, taisez-vous.

Massimo *(lisant)* : Je vous aime.

Rose : Taisez-vous.

Massimo : Je vous aime. Pardon, c'est trop petit.

Rose : Taisez-vous. *(Elle déchire la feuille, il continue de mémoire.)*

Massimo : Je vous aiime. Vous voyez, j'ai ajouté un « i ».

Rose : Taisez-vous.

Massimo : Je vous aime. Je vous aime. Je vous aime. Je pourrais rédiger des poèmes entiers rien qu'avec ces trois mots, et changer chaque fois de titre. Je vous aime ! C'est la plus courte des phrases, la plus longue des pensées. Je vous aime. J'ai cent ans, et mon amour est nouveau-né. Je vous aime. Comme c'est plaisant à dire, et malheureux à vivre. Je vous aime. Il faut le répéter sans cesse. Comme l'étincelle sur le foin mouillé. Je vous aime, si vous saviez le torrent où prennent racine ces trois gouttes de pluie. Et ce qu'il m'a fallu de courage pour vous les rapporter sans me noyer. J'ai perdu tous mes mots. Ou tous se sont révélés. Aujourd'hui, ils sont à nu. Et je réalise que, quoi que j'aie pu écrire, c'est « je vous aime » que j'écrivais. Je vous aime, madame. Et si ça n'est pas assez. Si de l'infini, du monde, de l'océan, du ciel, de ma vie, vous n'êtes pas satisfaite, permettez que j'ajoute à ces trois petits mots, quelque chose qui jamais n'a tenu dans une lettre. Un secret, un souffle, que seules les âmes savent se confier. Et que je garde sur les lèvres depuis que les vôtres me l'ont murmuré. Je vous le rends ici, l'univers me pardonnera. Faites attention à ce billet quand vous l'aurez, j'y glisse le premier de nos baisers.

(Rose l'embrasse pour le faire taire. Silence.)

ROSE : Partez maintenant. Je vous en supplie. *(Elle lui tend ses papiers, et le livre.)*

MASSIMO : Il pleut.

(Rubus entre pour serrer Rose dans ses bras, elle s'enfuit.)

Scène X

Aldo : Attends ! Attends ! Que s'est-il passé ? Massimo ! Où vas-tu ? Massimo ! Parle-moi !

Massimo : Laisse-moi tranquille, Aldo.

Aldo : Ça ne s'est pas bien passé ? Alors ?

Massimo : Elle ne m'aime plus !

Aldo : Quoi ?

Massimo : Elle ne m'aime plus !

Aldo : Qu'est-ce que tu racontes ?

Massimo : Ne me le fais pas répéter une troisième fois. Je t'en supplie.

Aldo : Tu as dû mal entendre.

Massimo : Non, c'est toi qui n'entends pas. Elle a déchiré mon texte, Aldo.

Aldo : Elle l'a déchiré, vraiment ?

Massimo : Regarde… *(Il sort de sa poche deux bouts de papier froissés.)*

Aldo : C'est étrange…

Massimo : Qu'est-ce qu'il y a d'étrange ?

Aldo : Massimo, un mot d'amour est un mot d'amour… Si l'on n'aime pas, eh bien soit, les mots nous passent à côté, mais de là à les déchirer… ? À quoi bon déchirer des mots que notre cœur ignore ? Cela n'a aucun sens. Rassure-toi, mon ami, elle t'aime. C'est certain ! Reste à savoir ce qui l'empêche de te le dire.

Massimo : Cesse de faire de l'esprit. Je suis trop triste pour que tu te moques.

Aldo : Je ne me moque pas, Massimo ! Si je sais une chose, c'est que les femmes, lorsqu'elles n'aiment plus, préfèrent encore se taire plutôt que d'en parler. Et que le dire est pour elles un tel exercice, qu'il faut souvent les quitter pour qu'elles nous quittent aussi. Cette princesse avait bien assez de moyens pour t'interdire l'accès à sa chambre, ou pour te faire parvenir ses sentiments. **L'**a-t-elle fait ?

Massimo : Non.

Aldo : Elle t'a laissé venir. T'a-t-elle laissé parler ?

Massimo : Oui, mais…

Aldo : Et que lui as-tu dit ?

Massimo : Que je l'aimais ! Bien sûr, que je l'aimais.

Aldo : Et qu'a-t-elle fait ? T'a-t-elle fait sortir ? Fait prisonnier ? S'est-elle moquée de toi ? Est-elle restée silencieuse ? Ou immobile ? T'a-t-elle laissé seul ? S'est-elle enfuie ?

Massimo : Rien de tout cela, ou bien tout à la fois.

Aldo : À tout moment, elle pouvait partir, Massimo. Elle pouvait partir, mais elle a attendu que toi tu t'en ailles. Tu voulais un « Je t'aime », le voilà. Rassure-toi. On ne peut pas désaimer quelqu'un comme ça, en un jour. C'est impossible. Tu le sais bien. Calme-toi ! Nous allons trouver une solution !

Massimo : Laquelle ?

Aldo : Nous y retournerons demain, nous allons nous renseigner ! Peut-être que tout ceci n'est qu'un malentendu.

Massimo : Tu dis n'importe quoi, tu n'en sais rien. Tu n'étais pas là.

Aldo : Ne fais pas l'enfant, Massimo ! Aie un peu confiance !

Massimo : Confiance ? En qui ? En toi ? Que peux-tu faire au cœur d'une princesse ? Quel élixir ? Quelle formule magique peux-tu me prêter pour récupérer un cœur qui maintenant me hait ?

Aldo : Tu exagères sans cesse ! Écoute, je suis ton ami…

Massimo : À quoi bon des amis quand on est sans amour ?

Aldo : Je sais bien, Massimo ! Arrête ! Cela n'arrangera rien. Viens t'asseoir, prenons un verre. Je vais t'aider.

MASSIMO : Tu veux m'aider, toi que l'on abandonne sur les quais… ?

ALDO : Je te demande pardon ?

MASSIMO : Non, rien… laisse…

ALDO : Moi, cela n'a rien à voir. Elle devait partir, avant même de m'avoir rencontré. Veux-tu que je te lise à nouveau cette lettre que j'ai reçue ? As-tu déjà oublié ? Tu veux savoir en quoi avoir confiance ? Tout est là, dans ces mots que je tiens dans la main. Prends-les, je te les prête. Tout ira mieux demain, je te le promets.

MASSIMO : Ces mots ne valent rien.

ALDO : Ah non ? Lis-les devant moi et ose me dire…

MASSIMO : Pas la peine de les lire, je les connais par cœur ! C'est moi qui les ai écrits !

ALDO : Je te demande pardon ?

MASSIMO : C'est moi qui les ai écrits !

ALDO : Quoi ? Tu racontes n'importe quoi.

MASSIMO : « Mon amour, le ciel a décidé de nous séparer. J'en suis bien désolée. J'ai tenté de ralentir l'équipage, mais c'était inutile. Déjà nous quittons le port. J'ai cherché du regard ta silhouette ou bien ton ombre… »

ALDO : *Dio mio*. Quel genre de monstre es-tu ? Pourquoi as-tu fait ça ?

Massimo : Tu étais triste, Aldo, je ne savais pas quoi faire. Je me suis dit qu'une lettre, une seule, pouvait peut-être…

Aldo : Tais-toi !

Massimo : Aldo…

Aldo : Pas un mot de plus ou je t'arrache la tête.

Massimo : Je suis désolé.

Aldo : Va au diable !

Massimo : Aldo, reviens. Ne me laisse pas… *(Aldo sort.)*

Scène XI

Massimo : Que dois-je faire au juste ? Qu'attends-tu de moi ? Réponds. Toi qui surplombes nos têtes. Réponds ! Que vois-tu de là-haut que j'ai manqué ? Que sais-tu que j'ignore ? Tu restes silencieux ?! Spectateur immobile ! Combien te faut-il d'hommes pour un jour céder ? Ici, nous avons des océans de larmes, des montagnes de regrets, nous finirons par t'atteindre, tu sais ? Nous te forcerons à parler ! Nous décrocherons une à une tes étoiles muettes, jusqu'à ce que tu n'aies plus aucun secret ! Tu parleras ou tu mourras de n'avoir rien révélé. Alors parle ! Réponds. Toi, mon cœur ! Toi qui bats depuis le début, ignorant la logique, défiant l'univers ; toi, l'ennemi du ciel, compagnon d'infortune ! Qui a tant pleuré, que l'on a tant trahi, qui s'est tant déchiré, parle ! Pourquoi la mort n'est qu'un frisson quand ses yeux suffisent à te faire arrêter ? Qu'a-t-elle que l'oubli n'a plus ? Cœur ! Ouvre-toi, laisse-moi entrer. Rien qu'une fois, que je sache ce qui t'habite. Que j'affronte les démons qui te font tant trembler. Vous, lèvres, parlez ! Vous qui avez rencontré les siennes, vous qui vous êtes perdues, et qu'on a retrouvées. Vous qui vous souvenez du goût de miel qu'a l'infini. Dites-moi ! Qu'avez-vous soutiré ? Quel secret son âme vous a-t-elle murmuré ? Parlez ! Vous ! Mes mains ! Fidèles amies ! Vous qui avez vécu bien plus que moi, puisque vous savez des mots que ma bouche ignore encore… Vous tremblez vous aussi ? Quel crime avez-vous commis en frôlant sa nuque ? N'y a-t-il rien dans vos poèmes qui puisse m'éclairer… Si ce n'est dans nos vers que la réponse se trouve, est-ce dans ceux des autres, alors ? *(Attrapant le livre de la princesse.)* Toi ! Parle donc, livre de malheur ! Toi, tu es mon frère. Tu as partagé avec moi ce mal de vivre qu'est d'exister, alors apprends-moi ! Parle ! Tu es mort, tu peux parler maintenant ! Tu ne risques plus rien que le temps ne te reprenne ensuite ! *(Le livre s'ouvre, une lettre est cachée dedans.)* Une lettre ! C'est la princesse ! Un rendez-vous ? Quoi ? Je ne comprends pas. Ô ciel, cœur, lèvres, taisez-vous, la princesse a parlé. Elle me donne rendez-vous ce soir, pour tout m'expliquer. Et m'embrasse. C'est écrit, là. Elle m'embrasse et m'aime. Mais pourquoi pleurer ? Le bonheur aussi a ses larmes ? Aldo. Aldo ! *(Il crie.)* Aldo ! Pardonne-moi ! Princesse, j'arrive… J'arrive.

(Il sort.)

Scène XII

(Rose apparaît discrètement dans l'obscurité.)

Rubus : C'est inutile.

Rose : Rubus, c'est toi ? Que fais-tu ici ?

Rubus : Vous, que faites-vous là ?

Rose : Tu as lu la lettre !

Rubus : Oui, je l'ai lue. Que pensiez-vous au juste ? Que vous pourriez me mentir effrontément sans que j'en sache rien ?

Rose : Tu m'espionnes !

Rubus : Je voulais juste m'assurer que vous trouviez le sommeil. Quand je suis arrivé, vous étiez en train de l'écrire. Je l'ai lue malgré moi. Vous m'avez trahi.

Rose : Peu importe.

Rubus : Vous ne passerez pas.

Rose : Et c'est toi qui vas m'arrêter ?

Rubus : Reculez. Tout de suite.

Rose : Rubus, lâche-moi.

Rubus : Vous alliez me laisser, là, sans dire un mot. C'est ça ?

Rose : Mais non, bien sûr que non.

Rubus : Ah non ? Alors racontez-moi ! Je vous en prie ! J'ai toute la nuit devant moi. Inventez, maintenant, je ne sais quel mensonge qui pourra me convaincre que vous n'alliez pas m'abandonner. Que vous n'alliez pas partir, sans vous retourner. Allez-y ! Faites que je vous croie ! J'ai besoin de vous croire. Quoi ? Vous avez peur de moi ? C'est ça ? Moi qui n'ai jamais levé la main devant vous que pour jurer. Vous tremblez ? Vous avez raison ! Les chiens restent des chiens, après tout. Je n'ai jamais rien mérité ! Je n'ai mérité ni votre arrivée, ni votre départ. J'étais bien plus heureux avant, quand je n'avais rien à perdre. Pourquoi suis-je ici ? Pourquoi me donner tout ça ? C'était évident que j'allais tout gâcher, regardez-moi ! Je suis ridicule. Regardez ! Ces vêtements, cet endroit... Je ne suis rien d'autre qu'un mendiant. J'ai mendié mon pain toute ma vie. Je mendie mon toit toutes les nuits. Et voilà que je mendie votre amour.

Rose : Rubus, ça suffit. Si tu étais resté plus longtemps à me regarder écrire, tu aurais remarqué que cette lettre était la deuxième. Et que la première était pour toi.

Rubus : Pour moi... ?

Rose : Tu la liras. Il faut que je parte. *(Ils se prennent dans les bras.)* Laisse-moi partir, Rubus.

RUBUS : Je ne peux pas vous laisser partir. Je ne peux pas. Vous comprenez ? Faites-moi confiance. N'insistez pas.

ROSE : Pourquoi ?

RUBUS : Venez ! Venez vous asseoir, parlons d'autre chose. Lisez-moi une histoire ou... je sais ! Jouez-moi cette mélodie, là, au piano, que vous faites parfois.

ROSE : Que se passe-t-il ?

RUBUS : Je ne peux pas.

ROSE : Parle !

RUBUS : Vous ne m'aimerez plus.

ROSE : Parle !

RUBUS : J'ai lu votre lettre à votre père.

ROSE : Tu as quoi ?

RUBUS : J'ai pensé qu'il comprendrait. Je voulais qu'il voie ce que, moi, j'ai vu. Et qu'il vous aide à vous enfuir. Et qu'il veille sur votre amour. Parce que moi j'en étais bien incapable. On ne m'a jamais appris comment faire. Les seules personnes qui m'ont un jour aimé sont mortes ou m'ont abandonné. Vous comprenez ? Il fallait que votre père comprenne.

ROSE : Qu'a-t-il dit ?

RUBUS : Il est entré dans une colère noire. Il m'a arraché la lettre des mains et a pris note de l'heure et de l'endroit. Et puis...

ROSE : Et puis quoi... ?

RUBUS : Rien. Il m'a juste renvoyé remettre le mot où je l'avais trouvé.

ROSE : Tu mens.

RUBUS : Retournez vous coucher, je vous assure.

ROSE : Laisse-moi passer !

RUBUS : J'ai tout tenté pour les retenir, Rose. Je vous assure. J'aurais vendu mon âme si j'avais pu me l'arracher. Mais rien n'a suffi. Ni l'argent, ni les menaces, ni les cris. Ils étaient deux, j'étais tout seul. Et quand j'arrêtais l'un, l'autre prenait le pas. J'ai supplié votre père, j'ai rampé à ses pieds… c'est trop tard ! Trop tard !

ROSE : Non ! Non ! Il faut que je le voie !

RUBUS : Rose !

ROSE : Non !

RUBUS : Massimo est mort.

ROSE : Tais-toi !

RUBUS : Je suis désolé.

ROSE : Monstre !

RUBUS : Je vous aime.

ROSE : Je te déteste ! *(Elle s'enfuit.)*

Scène XIII

(Aldo assis, trempé, Rose entre essoufflée.)

Aldo : Ils l'ont jeté à l'eau, comme on jette un papier. J'étais trop loin, trop loin. Quand ils ont tiré, il a coulé si vite, je n'ai pas eu le temps de plonger. J'ai tendu les mains le plus loin que j'ai pu, mais rien. Rien du tout. C'est ma faute, tous ces mots que je lui ai jetés l'ont tiré vers le fond. C'est cela. Océan de malheur, toi qui m'as pris mon amour, tu m'arraches le seul homme que j'aie jamais aimé.

Rose : Non…

Aldo : Il ne pouvait rien faire, à deux contre un, que voulez-vous qu'il fasse ? Moi j'étais trop loin ! J'étais trop loin. J'ai couru, le plus vite que j'ai pu. Mais, le temps d'arriver, ils l'avaient déjà jeté. Au début, il nageait, le bougre. Il n'était pas prêt à mourir, je ne sais quelle force l'animait, je l'ai vu se battre dans les vagues comme sur un ring, et il gagnait ! Ils l'ont laissé gagner, et quand ils ont vu qu'il remontait, ils ont tiré. Et là, la mer a rougi, comme gênée d'avoir eu besoin d'aide, et l'a englouti, ne laissant derrière lui qu'un triste nuage orangé bercé par le courant.

Rose : Mon Dieu… je suis désolée.

Aldo : Vous n'y êtes pour rien. C'est la princesse…

Rose : La princesse ?

Aldo : Oui, la princesse. C'est elle-même qui l'a fait condamner en lui tendant un piège.

Rose : Que voulez-vous dire ?

Aldo : Regardez ce papier, c'est signé de sa main. Il y a l'heure et l'endroit. Elle l'a fait venir ici pour qu'on l'abatte.

Rose : Quelle horreur.

Aldo : Si seulement je pouvais la voir et lui dire…

Rose : Que lui diriez-vous ?

Aldo : Combien je voudrais qu'elle soit à sa place. Il était parti, elle l'avait renvoyé. Pourquoi continuer un crime qui était terminé ? Il aurait pleuré, certes, mais, la mort dans l'âme, se serait remis. On s'en remet toujours ! Il l'aurait oubliée ! Maintenant, ses yeux pleurent pour toujours et la mer agitée l'empêchera de dormir. Vil océan ! Monstre de marée ! Mais vous pleurez… ?

Rose : Cette princesse m'a, moi aussi, arraché quelqu'un que j'aimais.

Aldo : Que dites-vous ?

Rose : Monsieur, je sais le moyen de vous venger.

Aldo : Comment ça ?

Rose : Si, dès aujourd'hui, j'amenais la princesse, là, à vos pieds, que feriez-vous ?

Aldo : C'est impossible.

Rose : Que feriez-vous ?

Aldo : Je la tuerais.

Rose : Jurez-moi que vous la tueriez.

Aldo : Comment compteriez-vous…

Rose : Jurez-le.

Aldo : *Dio mio*. Je vous le jure. Elle mourrait aussitôt que je la verrais. Mais pourquoi dites-vous ça ? Comment pouvez-vous être si sûre de pouvoir la convaincre de venir.

Rose : Je le sais.

Aldo : Comment…

Rose : Je le sais, parce que c'est moi.

Aldo : Que dites-vous ?

Rose : C'est moi, la princesse. J'ai tué votre ami. Maintenant faites ce que vous avez dit.

Aldo : Relevez-vous.

Rose : Vous avez juré. Tuez-moi.

Aldo : Ça ne peut pas être vous.

Rose : C'est moi.

Aldo : Non.

Rose : J'ai tué Massimo ! Je l'ai tué ! C'est moi !

ALDO : Comment connaissez-vous son nom ? *(Réalisant.) Dio mio !* À genoux !

ROSE : Tirez, je vous en supplie.

ALDO : Depuis le début, vous êtes là, à me regarder pleurer. *(Il pointe son arme sur elle, Rubus apparaît et s'interpose.)*

RUBUS : Ne tirez pas !

ROSE : Rubus, non !

ALDO : *Amico*, décampez de là, ou cette dernière balle est pour vous !

RUBUS : Si vous tirez sur moi, comment la tuerez-vous, elle ?

ALDO : C'est un défi ?

RUBUS : Non, monsieur. Une annonce. Assurez-vous que je ne me relève pas.

ROSE : Va-t'en, Rubus ! Laisse-moi…

ALDO : Je vous donne trois secondes pour décamper de là. Un.

RUBUS : Réfléchissez ! Si vous la tuez, c'est tout le pays que vous abattez avec elle. Vous n'aurez pas assez de tout l'océan pour vous laver les mains d'un tel crime.

ALDO : Deux.

ROSE : Tuez-moi ! Tuez-moi !

RUBUS : Regardez autour de vous. Massimo n'est plus là. C'est trop tard !

ALDO : Ne prononcez pas son nom !

RUBUS : Croyez-moi ! Je sais de quoi je parle. Jamais une balle n'a ramené un mort parmi les vivants ! Laissez-la partir.

ALDO : Je ne peux pas faire ça…

ROSE : Tuez-moi.

ALDO : Vous, taisez-vous !

RUBUS : Je comprends votre peine. Je vous assure. Mais vous ne pouvez pas la tuer. Vous ne pouvez pas.

ALDO : Et quoi ? Massimo, sans jamais partir à la guerre en serait le dernier fusillé ?

RUBUS : Regardez-vous. Vous n'êtes pas un tueur. Vous tremblez. Rentrez chez vous pleurer votre ami. C'est tout ce qu'il reste à faire.

ALDO : Elle a tué Massimo !

RUBUS : Vous faites erreur ! C'est moi qui l'ai tué. C'est moi qui ai pris la lettre. Moi qui lui ai tendu ce piège. Et si j'avais été là, c'est moi qui aurais tiré.

ALDO : Vous ?

RUBUS : Eh bien ! Allez-y ! Qu'est-ce que vous attendez ? Tirez. Vous pointez ce fusil sur moi. Alors, tirez ! Qu'attendez-vous !

ALDO : Ah ! Comme je vous hais ! Comme je vous hais ! *(Aldo s'effondre en pleurs.)*

RUBUS : Venez, madame.

ROSE : Va-t'en ! Va-t'en !

RUBUS : Venez.

ROSE : Je te déteste ! Je te déteste !

Scène XIV

(Rose joue du piano.)

Rubus : Rose… Je sais bien que vous voulez être seule. Et que je suis sans doute la dernière personne que vous voulez voir. Mais j'aurais voulu vous parler… vous ne m'avez pas adressé la parole de toute la journée. Et je…

(Rose s'approche de Rubus doucement et se met à le frapper violemment.)

Rose : Je te déteste.

Rubus : Je me déteste aussi, madame, si vous saviez comme je me hais.

Rose : J'ai fait tout ce que tu m'as demandé. Ne pouvais-tu pas me laisser mourir ? Ne peux-tu pas me laisser pleurer ? Cela aussi je le dois au monde ? Ne puis-je donc pas garder mes larmes pour moi, sans que personne vienne y faire boire ses regrets ? Sors d'ici. C'est un ordre.

Rubus : Rose, je dois vous dire quelque chose.

Rose : Je ne veux rien entendre.

RUBUS : C'est important.

ROSE : Tais-toi.

RUBUS : J'ai gardé ce secret si longtemps pour moi. Votre père m'a fait jurer de ne jamais rien vous dire. J'ai tenu parole jusqu'ici. Mais, aujourd'hui, j'ai besoin que vous compreniez que jamais je n'ai rien fait qui pourrait vous atteindre. J'ai fait une erreur, je m'en veux tellement, je vous aime, je suis…

ROSE : Désolé ?

RUBUS : Non, je suis votre…

ROSE : Serviteur ?

RUBUS : Non, vous êtes ma…

ROSE : Princesse ?

RUBUS : Non ! Non !

ROSE : Non ?

RUBUS : Enfin, si, je…

ROSE : J'en ai assez entendu pour aujourd'hui.

(Rose s'en va, Massimo entre, blessé.)

RUBUS : Massimo ?

MASSIMO : Tu l'aimes, alors ? *(Il l'attrape violemment.)*

RUBUS : Attends !

MASSIMO : Pas la peine de mentir, j'étais là. Tu l'aimes, c'est bien ça ?

RUBUS : Non, attends !

MASSIMO : Ce rendez-vous venait de toi ?

RUBUS : Je peux tout t'expliquer.

Massimo : Allons, dis-moi que tu ne l'aimes pas?

Rubus : Si! Si! Je l'aime!

Massimo : Ah!

Rubus : Calme-toi!

Massimo : Je vais te tuer!

(Rubus reprenant le dessus.)

Rubus : Calme-toi!

Massimo : Tu l'aimes…! J'aurais dû le voir venir. Tu l'aimes…!

Rubus : Oui! Je l'aime! Puisque je suis son frère!

Massimo : Son quoi?

Rubus : Son frère. Mon père est le sien. Je l'aime, oui, comme on aime une sœur! Comme on garde un secret. Rassure-toi! Rien de plus! Voilà tout le poids de mon intrigue. Je suis seul à le porter depuis si longtemps. Pardon! Pardon d'avoir été si faible. Massimo, pardonne-moi.

(Massimo s'évanouit.)

Rubus : Massimo?

Massimo : Je vais bien.

Rubus : Tu es blessé…

Massimo : Où est-elle?

Rubus : De l'autre côté.

Massimo : J'y vais!

Rubus : Tu es fou, regarde-toi. Tu ne tiendrais pas une minute dans ces couloirs, tu as l'air d'un condamné. Attends ! Tiens, prends cette veste. *(Rubus retire sa veste.)* Je vais la chercher !

MASSIMO : Attends ! Comment savoir si tu mens ? Il serait si facile d'appeler quelqu'un d'autre. N'ayant pas réussi à me faire aller à la mort, qui me dit que cette fois-ci ce n'est pas elle que tu veux faire venir à moi ?

RUBUS : Je n'ai qu'une parole. Je viens de te la donner. *(Il lui donne la veste, puis sort.)*

(Rose entre, silence.)

MASSIMO : Madame…

ROSE : Tu es en vie. *(Elle le serre dans ses bras.)*

MASSIMO : Pas pour longtemps, si vous continuez de me serrer aussi fort.

ROSE : Tu devrais être mort. Comment est-ce possible ?

MASSIMO : Ces hommes ont tiré dans ma poitrine, sans savoir qu'à ce moment précis mon cœur n'était plus à cet endroit. *(Il sort le livre de Rose, perforé d'une balle.)* Je vous le rends, il est un peu abîmé. Dites-moi juste que vous ne m'aimez pas, c'est cela qui peut me tuer.

ROSE : Je t'aime ! Je t'aime ! Pauvre fou ! Je t'aime !

MASSIMO : C'est vrai ? Ne mentez-vous pas ?

ROSE : Non, non. Je ne mens pas. Pardon, pardon pour ce que j'ai dû te dire. Rien n'est vrai. Je t'aime !

(Massimo s'évanouit.)

ROSE : Allons ! Je t'ai dit que je t'aimais ! Tu n'as plus le droit de mourir maintenant !

(Massimo se relève.)

ROSE : Il faut soigner ça.

(Rose va chercher un bandage pour Massimo, Massimo retire sa veste abîmée, Rose lui met le bandage.)

MASSIMO : Je suis un peu perdu.

ROSE : C'est une longue histoire. Je ne suis pas sûre de pouvoir l'expliquer. Il faudrait une éternité. C'est bien bête pourtant. Quand on y pense. Je t'aime. Comme le tragique d'une vie peut parfois tenir en quelques mots. Que ferais-tu, toi ? Si ton devoir contredisait tes droits ? Et que, pour le plus grand nombre, il faille sacrifier la seule chose qui compte pour toi ? *(Silence.)* Pardon, c'est stupide. Je n'aurais rien dû dire. Déjà, tu ne me regardes plus. Je suis désolée...

MASSIMO *(l'interrompant)* : Voulez-vous m'épouser ?

ROSE : Allons ! Tu perds la tête !

MASSIMO : Non, je vous assure. Je vais très bien ! *(Il se lève.)* Je vais vous épouser et puis nous... *(Il tombe à genoux.)*

ROSE : Regarde-toi. Tu n'es pas en état.

MASSIMO : Il me semble pourtant que la tradition veut qu'on demande la main des demoiselles à genoux...

Rose : Tu es un idiot.

Massimo : Vous n'avez pas idée…

Rose : Et où irions-nous ?

Massimo : Je ne sais pas. Loin de la mer. Très loin de l'Italie. Quelque part dans les montagnes. Nous grimperons tout là-haut. Peut-être, le ciel infini nous protégera de l'immense océan.

Rubus (*rentrant)* : Il faut faire vite.

Rose : Rubus ?

Rubus : Les couloirs sont déserts, vous pourrez vous enfuir par cette porte. Disparaissez tous les deux. Ne dites rien à votre père. S'il me demande, je nierai. Quant au prince, le contrat est signé. Il perd une épouse pour gagner un pays, j'imagine que cela devrait suffire à le consoler. Et réajuste-toi un peu. Tout de même, c'est une princesse que tu veux épouser. Elle te va bien ! Tu aurais presque l'air d'un prince. Je vous ouvre la voie. Dépêchez-vous. (*Rubus sort à jardin.)*

Massimo : Attendez ! C'est ridicule. Je ne sais pas même votre prénom.

Rose : Rose. Je m'appelle Rose.

Massimo : Rose. C'est joli, Rose.

(Aldo entre à cour, pointant un fusil sur Massimo, de dos.)

Aldo : Pour Massimo. *(Il tire sur Massimo, de dos.)*

Rose : Qu'avez-vous fait ? *(Rubus apparaît.)*

RUBUS : Massimo !

ALDO : Massimo, c'est toi ?

ROSE : Non, non, non… !

ALDO : Oh, *Dio mio* ! Mon ami ! Que fais-tu ici ? Massimo ! Massimo !

RUBUS : Partez ! Vite !

ALDO : D'où vient cette veste ! C'est elle qui… *(Regardant Rubus.)* Je croyais que c'était toi ! Je le jure… Je croyais que c'était toi !

RUBUS : Malheureux.

ALDO : Pardonne-moi, Massimo ! Pardonne-moi !

RUBUS : Partez maintenant ! Si l'on vous trouve ici, vous êtes mort !

ALDO : Non, je ne peux pas partir.

RUBUS : Je me charge de lui. Partez, je vous en prie.

(Rose s'avance violemment vers Aldo, Rubus l'arrête.)

ALDO : Je suis désolé ! Je suis si désolé ! *(Aldo s'enfuit. Rose pleure et s'effondre sur Massimo.)*

ROSE *(sur Massimo)* : Mon amour… Mon amour… Lève-toi ! Je te l'ordonne ! Je t'aime ! Tu entends ? Je t'aime ! Tu n'as plus le droit de mourir maintenant. Alors lève-toi ! Allez ! Pourquoi ne se lève-t-il pas ?

RUBUS : Rose…

ROSE : Il faut… Il faut que tu te lèves.

RUBUS : Rose, arrêtez.

Rose : Ne me touche pas ! *(Silence.)* Pourquoi pleures-tu ? Rubus ? Assez de larmes. Après tout, c'est une grande journée aujourd'hui. La princesse se marie. N'est-ce pas ce que tu voulais ? L'amour est mort ! Longue vie aux mariés. Longue vie aux mariés. *(Elle attrape le fusil.)*

Rubus : Que faites-vous ? Rose, arrêtez, il n'est plus chargé.

Rose : Tu te trompes ! Ce sera mon cadeau de fiançailles au prince. Qu'en dis-tu ? Il le posera sur la cheminée, devant notre lit. Ainsi, chaque jour, quand je me coucherai et que ses bras se refermeront sur moi, je sentirai la balle qu'il ne m'a pas donnée s'enfoncer en moi, et je mourrai encore et encore de n'être pas morte aujourd'hui.

Rubus : Rose…

Rose : Rassure-toi. La récompense recherchée est gagnée. Tout est fini.

Rubus : Pardonnez-moi.

Rose : Non, ne me touche pas, non, arrête !

Rubus : Pardonnez-moi. *(Il la serre dans ses bras.)*

Rose *(pleurant)* : Massimo est mort.

Rubus : Je suis désolé.

Rose : Pourquoi ne suis-je pas morte avec lui ?

Rubus : On ne meurt d'amour que dans les livres. Ici, l'amour nous ruine, il nous abîme et nous déchire. Mais il ne nous tue pas. Est-ce heureux ou bien malheureux ? Je l'ignore, à vrai dire. Mais chaque sourire que l'on arrache dessous les larmes est un éclat que les romans n'ont pas.

ROSE : Qui t'a dit ça ?

RUBUS : Ma mère.

ROSE : Que disait-elle ensuite ?

RUBUS : Je ne m'en souviens pas, je pleurais trop. *(Faisant mine de s'en aller.)*

ROSE : Rubus ? Où vas-tu ?

RUBUS : Le prince doit être arrivé, il faut que je descende le prévenir.

ROSE : Que vas-tu lui dire ?

RUBUS : La princesse est souffrante. Une terrible et incurable peste bubonique. Et qu'il revienne demain. (*Elle le serre dans ses bras, Rubus sort.)*

FIN

Lettre au lecteur par Félix Radu

Lorsque j'avais 15 ans, j'ai commencé à écrire un seul en scène. À cette époque, je découvrais les cours d'art dramatique ; mes connaissances littéraires s'arrêtaient à *Tintin*, j'avais une vague idée de qui était Shakespeare et j'ignorais que « poète » était un métier. Le seul auteur auquel je m'accrochais éperdument était Victor Hugo. Ma mère m'en avait offert un exemplaire au hasard d'un rayon, pensant que je le jetterais aussitôt. Hélas. J'ai dévoré chaque poème (sans les comprendre, il faut l'admettre) au point d'en connaître plusieurs par cœur. Pareil pour ses pièces, dont il m'arrivait de relire certaines répliques tant elles me semblaient percutantes et idéales. Voilà pourquoi je pense que mon seul en scène est une pièce inavouée. Une pièce bâclée, à laquelle l'enfant que j'étais n'a pas su prétendre en légitimité, en bagage littéraire. J'étais trop jeune, trop seul. Je ne connaissais rien encore de l'amour. Quand j'y repense, mon seul en scène est la pièce d'un gamin qui s'excuse poliment d'écrire. « L'humour, c'est la politesse du désespoir », dirait l'autre. Mais voilà, j'ai grandi et mes sentiments sont bien moins éduqués. Ils ont tout désappris dans les livres. J'ai passé mon adolescence à désapprendre dans les livres. Désapprendre de me remettre de la beauté. Du temps qui passe. De la mort. De la solitude. Désapprendre la satisfaction, la patience, la tranquillité que mes parents, l'école, m'avaient soigneusement appris. Je voulais tout connaître de ces hommes, de ces femmes, qui racontaient avec un même alphabet une langue à la fois commune et étrangère. Tous les réanimer et les faire débattre autour d'une grande table. Ils ravivaient en moi ce qui deviendra plus tard ma définition d'exister.

J'ai passé mon adolescence à dévorer leurs bouquins. Je ressentais l'urgence de grandir ; d'apprendre d'eux toutes les lois de l'univers. Sans doute est-ce pour ça qu'on m'a toujours reproché d'être

« trop ». D'aimer trop. De pleurer trop. De rire trop. J'ai calqué mon référentiel sentimental sur des personnages de roman. Je ne sais qu'aimer comme Cyrano, pleurer que comme Fortunio, m'ennuyer comme Bovary, me révolter comme Lantier. Une femme que j'ai aimée m'a dit cela, peu de temps avant notre rupture : « J'ai l'impression de vivre avec un personnage de roman. C'est épuisant. » Sur le moment j'étais flatté. Pourtant, je réalise aujourd'hui la solitude que comportaient ces mots. La distance qu'ils créaient entre moi et le monde. Comme ces espaces dans les aéroports où l'on vous laisse lorsque vos papiers ne sont pas en règle. J'ai détesté les poètes de m'avoir fait appartenir à une patrie dont les frontières s'arrêtent à la couverture d'un livre. Les livres sont de trop petits pays dont chaque citoyen est interdit de séjour.

« Le véritable lieu de naissance est celui où l'on a porté pour la première fois un coup d'œil intelligent sur soi-même : mes premières patries ont été les livres. » Marguerite Yourcenar.

C'est en m'installant à Paris que je me suis réconcilié avec la poésie. Je dis « réconcilié », mais ça n'était pas vraiment une dispute. Je n'ai jamais cessé de lire. Cela m'était bien trop nécessaire. Disons plutôt que c'est à ce moment-là que tout a pris sens. J'avais 20 ans. Je découvrais un joyeux vacarme contemporain fait de rap, de danse, de vidéo, de théâtre. Les rues regorgeaient d'artistes courant on ne sait où, philosophant en terrasse, se baladant oisivement, chantant dans le métro. Et tout ce qui avait semblé me faire défaut jusqu'alors brillait partout autour de moi. Au cinéma, sur les planches, à la télévision. En quelques jours seulement, je fus pris de ce que j'appellerais aujourd'hui une boulimie culturelle. Je désirais comprendre les codes de cette nouvelle poésie qui m'était jusqu'ici étrangère. J'en appréciais la liberté, l'irrévérence, la colère, le droit à l'échec, à la tentative ; à sa recherche perpétuelle de sens. Là où certains voyaient une fracture entre les artistes d'hier et ceux d'aujourd'hui, je percevais une forme d'évolution. J'appartenais à cette génération, et je l'aimais. J'y pressentais la continuité d'une guerre entre le rêve et la réalité et voulais y prendre place. Je me suis toujours demandé pourquoi l'humanité s'était arrêtée d'écrire des « classiques » ou du moins d'en distribuer le titre. Faut-il être vieux ? Est-ce trop tard ? Sommes-nous condamnés à n'écrire que du « contemporain » quotidien et somme toute agréable ? Je pense que c'est l'une des raisons qui éloignent la jeunesse des lieux culturels aujourd'hui. À l'école, on la persuade qu'il est trop tard pour écrire l'Histoire. Que les grandes œuvres ont toutes été écrites par des barbus et des vieilles dames dans des cadres en bois. Elle n'a le droit que de s'amuser avec un alphabet qui n'est pas le sien. Elle n'a pas ses « classiques » et ne peut que les emprunter à la génération précédente qui la regarde faire mumuse avec son rap et ses vidéos. Pourtant, chaque génération a ses créatifs, ses artistes, ses personnages de roman exilés. Mais puisque la plupart se croient illégitimes du mot « culture », ils préfèrent au théâtre des lieux plus underground. Moins prétentieux. YouTube, Twitch ou TikTok, pour ne citer qu'eux. Quand on y pense, quelle génération peut se vanter d'avoir autant d'enfants capables de tourner, danser, écrire, jouer, chanter, monter, retoucher quotidiennement et dans leur temps libre. Définitivement, l'art n'est pas mort, il a juste changé d'endroit et de moyens d'expression.

Moi, j'avais 20 ans, j'avais le cœur débordant : il fallait que j'écrive une pièce de théâtre. Mais pas n'importe laquelle. Je voulais qu'elle puise tout ce qui m'a plu dans les auteurs que je lisais petit et qu'elle s'inscrive malgré tout dans l'énergie de mon époque. Qu'elle ait sa place dans la bibliothèque d'une savante littéraire, sans rougir d'être au côté de Stendhal ou Tchekhov, ainsi que sur l'étagère d'un jeune, à côté d'un jeu PS5 et d'une paire d'écouteurs. Il fallait faire le pont entre deux générations. Cela tombait bien, j'avais la profonde conviction d'appartenir aux deux. Du moins de les connaître et les aimer.

Ma pièce s'appellerait *Rose & Massimo*. Ce serait une histoire d'amour.

« Si l'amour est une comédie, cette comédie, vieille comme le monde, sifflée ou non, est, au bout du compte, ce qu'on a encore trouvé de moins mauvais. Les rôles sont rebattus, j'y consens ; mais, si la pièce ne valait rien, tout l'univers ne la saurait pas par cœur ; – et je me trompe en disant qu'elle est vieille. Est-ce être vieux que d'être immortel ? » Alfred de Musset.

C'est cela. Il fallait qu'elle soit immortelle. Peut-être est-ce ça, « un classique ». Quelque chose d'immortel. Quand on regarde l'amour de notre génération pour la chronique, l'actualité, le jetable, on comprend mieux le fossé que je constatais plus haut. Qu'à cela ne tienne, allons à contre-courant. Soyons un peu prétentieux. Je voudrais que cette pièce soit plus grande que moi. Qu'on m'oublie derrière. Qu'elle tienne sans son capitaine. Allons titiller Victor Hugo à son propre jeu ! Et réussissons là où il échoue désormais : rendons aux jeunes la légitimité de venir l'applaudir.

Dans cette pièce, je rends hommage à tous les auteurs que j'aime. Il y a des clins d'œil à Molière, à Shakespeare, à Tchekhov, à Dostoïevski, à Musset… La pièce est truffée d'hommages et de références. Il s'agissait d'épouser les codes pour les tordre ensuite, les briser, y revenir, en jouer comme un enfant dans un bac à sable. Je voulais qu'elle soit courte, que n'importe quel spectateur (jusqu'à mon père n'ayant jamais rien lu) puisse en suivre l'intrigue et l'apprécier. Que tout aille vite, déborde d'amour et de vie. Qu'elle soit jeune et réjouissante, et puis triste, très triste. Je veux qu'on sorte de là épuisé, affamé. Qu'on veuille appeler celle ou celui qu'on aime, commander un immense Uber Eats, partir en voyage… qu'on retrouve ce qui me manque parfois dans la littérature contemporaine : l'espoir qu'à la fin de la représentation la terre tremble un peu.

Et puis, étant comédien, je voulais que chaque acteur ait du texte à jouer et à défendre. Qu'il n'y ait que des rôles principaux. Avec des intrigues et des enjeux ! Que tout le monde finisse en sueur couvert de bave et de larmes. En soi, qu'une seule représentation soit une vie entière pour tous. Que ça brûle ! Que ça se consume sur scène ! Qu'on ait un peu l'impression d'avoir vécu. D'avoir volé quelques secondes d'existence à une autre dimension. Je désirais qu'elle soit interprétée par des jeunes, qu'elle crie à notre génération : « Nous aussi, on peut le faire. Vous avez le droit d'essayer. Réappropriez-vous ces lieux culturels, car ce sont les vôtres. Ils ne sont pas ceux d'une élite. Ou ceux de fantômes géniaux. Ils sont ceux des vivants. Des idiots. De ceux qui aiment, qui pleurent, qui se trompent, qui espèrent et qui rêvent. »

C'est pourquoi je suis si fier d'avoir pu confier la mise en scène de ce projet à Alain Sachs. Car cela symbolise plus que jamais cette volonté de rassembler deux générations dans une même salle et sur un même projet. Son expérience, son intelligence et sa maturité contre ma fougue, ma naïveté et mon impatience. Il naît de nos conversations un subtil mélange de nos deux univers. Un objet étrange, tantôt très jeune, tantôt très vieux, tantôt très sage, tantôt complètement inconscient. Cette pièce représente tout ce que j'aime au théâtre. Du pathétisme amoureux à la joute verbale, en passant par les punchlines, les situations comiques, l'allure, l'attachement des personnages, l'accessibilité, les multiples « plot twist » et les différents degrés de lecture.

Si mon premier seul en scène représentait l'enfant que j'étais, alors cette pièce ressemble irrémédiablement à l'adulte que je deviens. Qui sait, peut-être un jour un jeune homme, une jeune femme, se perdra dans une librairie, dans une salle de spectacle, et tombera sur ces quelques mots. Et peut-être ce jour-là il, ou elle, prendra la décision de consacrer sa vie à l'art. À ce truc étrange qu'on garde bloqué sous le thorax depuis l'enfance. Ce truc qui crie le soir et murmure la journée et qui nous pousse irrémédiablement à chercher la beauté partout où elle se trouve. Où elle devrait se trouver, surtout. Et j'espère que ce jour-là débutera une magnifique aventure. S'il ne doit rester qu'une chose de cette pièce, oubliez les mots, les virgules, les formules, ne gardez que l'urgence infinie de vivre et d'aimer.

Regard du metteur en scène

Lorsqu'un metteur en scène reçoit une pièce d'un jeune auteur, une émotion toute particulière se mêle à la découverte de l'œuvre. Cet indicible espoir de la découverte d'un nouveau talent.

Alors soyons le plus clair et direct possible, surtout ne tergiversons pas.

Avec *Rose et Massimo*, le modeste artisan que je suis n'a pas seulement vu cet espoir comblé, il a atteint son Graal !

Car peste des excès de langage, je n'hésite pas à le dire, cette première pièce de Félix Radu est un pur chef-d'œuvre. Autant qu'un mystère absolu. Comment un jeune homme de vingt ans au moment de son élaboration a-t-il pu enfanter d'une telle quintessence ?

Car, en matière d'art théâtral, absolument tout y est.

Une histoire, des personnages, des décors, de multiples références aux plus grandes œuvres, de la comédie, du drame, de la pensée, du rêve, du désespoir…

Avec avant tout une langue. À la fois pétrie de littérature et totalement moderne. Parfaitement accessible et universelle.

Il faut dire que le thème n'avait jamais véritablement été abordé jusqu'à aujourd'hui. Vous pensez, l'amour, rien que ça, et à vingt piges en plus ! Vraiment il faudra qu'on m'explique… à moins bien sûr de penser à Rimbaud ou à Mozart… Chiche ?

De plus, Félix fait le plus beau des cadeaux qui soient pour un metteur en scène. Inventer une machine à jouer où tout ce qui concerne la théâtralité reste à inventer.

Le lieu, l'époque, les costumes, la musique… Alors comptez sur moi pour m'y engouffrer avec gourmandise et sans la moindre retenue.

Oui, à mon âge, beaucoup plus avancé que celui de ce petit diable, pouvoir rassembler en un seul spectacle tout ce qui a nourri votre parcours au fil du temps, pouvoir le partager avec le public, est un bien inestimable que je mesure aujourd'hui pleinement.

Alain SACHS
Le 1er mars 2023

Remerciements

Et parce que sans eux, rien n'aurait existé :

Merci à ma famille, à Anaïs Gardenato, Alexandrine Duhin, Alexis Michalik, Rodrigue Laurent, Alain Sachs, Corinne Jahier, Lou Noérie, Hugo Lebreton, Lionel Nocentini, Fleur Houdinière, Thibaud Houdinière, Marion Gendron, Setphan Roure, Lucas Clavel, Adrien Burcea, Clémentine Aussourd, Grétel Delattre, Mikael-Don Giancarli, Roxanne Roux, Grégoire Lagrange, aux Goupils, à tous les contributeurs de ce projet et à tous ceux que j'oublie de nommer et qui, à un moment ou un autre, m'ont prêté la force de continuer.

Composition réalisée par Belle Page

PAPIER CERTIFIÉ

fayard s'engage pour l'environnement en réduisant l'empreinte carbone de ses livres. Celle de cet exemplaire est de : 350 g éq. CO_2 Rendez-vous sur www.fayard-durable.fr

68.1095.9/09
Achevé d'imprimer en juillet 2023
par La Nouvelle Imprimerie Laballery (Clamecy, France).
pour les éditions Fayard, 13 rue du Montparnasse, 75006 Paris
Dépôt légal : mai 2023 - N° d'impression : 307535